suhrkamp taschenbuch 4130

Christine

Eine Dachkammer in einem abgelegenen Gehöft ist der Raum von Imaginationen und Erinnerungen. Hier beginnt der Erzähler sein »Journal«, und was er aufzeichnet, sind Vorgänge in nächster Umgebung und in ferner Vergangenheit, im Traum und in der Wirklichkeit. Beckers Beobachtungen streifen die Hügellandschaft seiner rheinischen Heimat, wandern nach Berlin und in den deutschen Osten, richten sich auf Bilder der ersten Jahre nach dem Krieg, erinnern sich an einen Karmann Ghia und an lange Fernsehabende, daran, wie man vor dem Radio saß, um Welt zu empfangen, an Möbel und Bilder. Indem sich der Autor seiner Wahrnehmungen vergewissert, geht er ihren Spuren nach, reflektiert sie, variiert ihre Motive, schreibt sie – und damit sein wie das Leben anderer – fort.

In *Schnee in den Ardennen* vermischt Jürgen Becker die Formen von Tagebuch, Reiseerzählung und Roman. Täuschende Wahrnehmungen, ironische Berichte, lakonische Mitteilungen, poetische Notate – im Wechsel der Schreibweisen hält er seinen Lesern einen Spiegel vor, in dem jeder sich selbst, seine Erfahrungen und Geschichten erkennen wird.

Jürgen Becker, geboren 1932 in Köln, lebt in Köln und Odenthal. Er erhielt zahlreiche Auszeichnungen, im Jahr 2009 den Schiller-Ring für sein Lebenswerk. Seit dem legendären Erstling *Felder* (1964) erscheinen seine Prosa- und Gedichtbände im Suhrkamp Verlag, zuletzt *Die folgenden Seiten. Journalgeschichten* (2006), *Dorfrand mit Tankstelle. Gedichte* (2007) und *Im Radio das Meer. Journalsätze* (2009).

Jürgen Becker

Schnee in den Ardennen

Journalroman

Suhrkamp

Umschlagfoto: Boris Becker

suhrkamp taschenbuch 4130
Erste Auflage 2009

Druck: CPI – Ebner & Spiegel, Ulm
Printed in Germany
Umschlag: FR | PUBLISHING – Natascha Wagner
ISBN 978-3-518-46130-3

1 2 3 4 5 6 – 14 13 12 11 10 09

Schnee in den Ardennen

I

Winterkämpfe. Es ist das Foto von Robert Capa, das ich, ohne danach gesucht zu haben, beim Blättern plötzlich wiederfinde. Winter 1944. Zwischen dem Fichtengehölz auf dem Hügelkamm und den Weidezäunen in der Talsenke bewegen sich über das abschüssige Feld Dutzende kleiner, dunkler Gestalten. Sie halten in den Armen herabgesenkte Waffen und werfen, die tiefstehende Sonne im Rücken, Schatten, die um ein Dreifaches länger als die uniformierten Körper sind. Der Trupp geht locker in offenen Reihen vor; die großen Abstände, die sie untereinander halten, lassen die Mannschaften der 101. US-Luftlandedivision wie Einzelgänger, wie Verstreute erscheinen. Sie sehen nicht aus wie von der 15. Panzergrenadierdivision Umzingelte. Ob sie alle überleben oder nicht, mitbeteiligt ist der Trupp daran, daß die letzte deutsche Winteroffensive im Westen scheitert.

Zurückgekommen ist der Schnee, jetzt in den letzten Tagen des Januar. Der Frost hält ihn auf den Dächern und für eine Weile sogar auf den Straßen fest. Die frühlingshafte Luft im Dezember hatte die Schneeglöckchen, ganze Gruppen auf der Wiese, vorlaut gemacht; sie meinten, ihre kurze Zeit als Avantgarde finge schon zu Weihnachten an. Die Kälte läßt die Halme dünn und spitz zusammenfrieren, und mit der Ausbreitung des Schnees wird klar, wer hier noch dominiert. Mehrmals am Tag wiederholen sich die Turbulenzen im Futterhäuschen unterm Kirschbaum. Ein Pulk Stare drängelt sich lärmend auf die Futterrampe und erdrückt fast das angstvoll fiepende Rotkehlchen. Unfreundlich hüpfen Elstern und Krähen aufeinander los und verjagen sich gegenseitig hoch in die Kirsche, hinüber ins Geäst des Birnbaums. Die schwarzweißen und die schwarzen Vögel haben unterschiedliche Strategien. Krächzend und geckernd warten sie zunächst einmal ab, dann verstummen sie und scheinen einander nicht mehr zu beachten. Die Elstern sitzen dem Vogelhäuschen näher; sobald die ersten herunterflattern und ins Innere einzudringen versuchen, schießt eine Krähe heran und vertreibt sie. Die Elstern fliehen vor jeder direkten Konfrontation. Beginnt eine Krähe, und die Krähen fangen damit immer einzeln an, den Besetzungsversuch – wobei die Dimension des Vogelhäuschens der Körpergröße beider Vogelarten überhaupt nicht entgegenkommt; trotzdem, sie schaffen es immer wieder –, entschwirrt der ganze Elsternschwarm in eine Baumgruppe, deren dichtes Gezweig die Vögel mit den messerlangen Schwanzfedern unsichtbar macht. Die Krähen haben das Vogelhäuschen für sich allein. Nicht lange. Zwei Eichelhäher haben ihr Versteck unter der Fichte verlassen und äugen mit schiefem Kopf vom Kirschbaum auf den Futterplatz herab. Dann lassen sie sich mit aufgespreizten Flügeln fallen, mitten unter die Krähen, die zwischen den Standhölzern des Häuschens nach heruntergefallenen Körnern picken. Kurzes, heftiges Durcheinander, bis plötzlich, wie auf Kommando, die Streitenden auseinanderstieben und einzeln sich auf fernen Wipfeln niederlassen. Und schon, als hätten sie auf den Moment der Räumung gewartet, sind die Elstern wieder da, und jetzt lassen sie sich auch nicht vom Buntspecht beirren, der die ganze Zeit, unbeteiligt, am Meisenknödel hängt und rasch und konzentriert seinen Schnabel ins harte Fett der Kugel schlägt.

Hausgeschichte. Die beiden Kammern über dem ehemaligen Stall sind früher der Heuboden gewesen. So lange das her ist, die Räume haben ein Gedächtnis bewahrt, das sich dem Bewohner öffnet, wenn er mit ganzer Intensität seinen Sinnen, seinen Einbildungen vertraut. Gerüche und Geräusche werden wahrnehmbar, die das frühere Landleben vergegenwärtigen ... Der Schwung der Heugabel hoch zur Giebeltür, das Geschepper morgens der Milchkannen, das Aufklatschen der Kuhfladen. Die näherkommende Industrie holte die Männer vom Hof weg; der Luftkrieg brachte Evakuierte ins Haus. Ledermäntel fahndeten nach Verstecken. Die beiden Mädchen, die in der dunklen Winterfrühe von ihren Bettgestellen herunterkletterten, zerbrachen als erstes das Eis in der Waschschüssel. Unterwegs war kilometerweit die Mutter; sie hatte den Vater in seinem stillgehaltenen Refugium zu versorgen. Meine Herkunft, meine Anwesenheit berührt nicht länger nur den Rand der Geschichte. Nachts, in der kalten Schlafkammer, höre ich den Marder, wie er zwischen den Dachbalken herankriecht.

Angaben über Schneehöhen. Sie werden vom Deutschen Wetterdienst veröffentlicht und betreffen Gebiete, in denen Skilaufen Sport oder Ferienvergnügen ist. Als ich einmal das Wort *Schneehemden* benutzte, fragte mich eine Dreißigjährige, was das für Hemden seien. Nein, selber hatte ich keins getragen. Ich kannte nur die Berichte aus dem finnisch-russischen Winterkrieg 1939. Obschon truppenmäßig weit unterlegen, errangen die Finnen zeitweilig ihre Überlegenheit, indem sie ihre Soldaten auf Skier stellten und mit schneeweißen, über die Uniformen gestreiften Hemden tarnten. Wie Gespenster flitzten sie durch die Wälder, während der russische Koloß, mit seiner feldfarbenen Schwerfälligkeit, in den Schneemassen nicht vorankam. Der Film, in dem deutsche Einheiten in ihren Schneeanzügen durch die endlosen russischen Ebenen ziehen, zeigt eher einen Leichenzug. Vom Harz dehnt sich über Thüringer Wald, Erzgebirge, Bayerischer Wald bis ins Allgäu und Berchtesgadener Land eine im Flachland unterbrochene Schneedecke, die heute in einer Höhe zwischen dreißig und hundertzwanzig Zentimetern liegt. Talfahrten sind streckenweise möglich auf Kunstschnee.

Nachmittags um drei. Die Glocken, die bis zu unseren Höhen hinauf zu hören sind, läuten für eine Beerdigung. Wer da gestorben ist, keine Ahnung. Die Einwohnerzahl des Ortes nimmt in dem Maße zu, wie in der Gemeinde ein Siedlungsgebiet nach dem anderen entsteht. Im Einkaufsmarkt fragt man sich, ob man den Einkaufswagen überhaupt durch den heimischen Einkaufsmarkt schiebt, so vielen unbekannten Gesichtern begegnet man alle Tage. Das märkische Zweihundert-Seelen-Dorf, das ich im Sommer besuche, hält seine Einwohnerzahl konstant. Oder sie nimmt eher ab. Wenn jemand gestorben ist und beerdigt wird, läuten die Glocken dort den ganzen Tag stündlich.

Die Hoflampe, die in der Nacht von allein aufleuchtet, reagiert auf den Bewegungsmelder. Ich lehne mich weit aus dem offenen Fenster. Der Hof liegt im Hellen, aber ich sehe nichts, was das kleine, unauffällig angebrachte Instrument zu seiner Meldung veranlaßt hat. Es kann ein Tier gewesen sein, das an der Scheune, am Haus vorbeigehuscht ist, eine Katze, der Marder, ein Reh. In windigen Nächten, wenn das Licht mehrmals nacheinander angeht, sind es Zweige, die, hin- und hergeweht, in die Wahrnehmungszone geraten sind. Aber es geht kein Wind. Kein Tier sichert aus dem Schatten hervor. Der Bewegungsmelder ist eine Installation des Mißtrauens, und lange stehe ich hinausgelehnt im Fenster.

Radiogeschichte. Jetzt sind es vier Jahrzehnte her, daß ich die beiden Kammern bezog, die früher der Heuboden waren. Manchmal drehte ich abends am Radio, ein kleiner cremefarbener Philips, eines der ersten Nachkriegsgeräte. Einmal blieb ich im Bereich der Langwelle, wo sonst keine Sender zu empfangen waren, an einer weiblichen Stimme hängen, die Zahlen aufsagte, in unregelmäßiger Reihenfolge, vorwärts und rückwärts, zwischen eins und zehn. Es war eine merkwürdig tonlose Stimme, die mechanisch, fast maschinenhaft in einem gleichbleibenden Rhythmus sprach. Auffallend war, daß sie die Zahl fünf mit einem eingefügten e artikulierte: *fünnef*. Irgendwann brach die Stimme ab, und man hörte nur noch das kaum merkliche Rauschen des Nichts, das am Ende der Skala beginnt. Mehrere Abende lang, in der Stunde vor Mitternacht, wartete ich auf die geheimnishafte Stimme, die sich nicht regelmäßig meldete; dann wohnte ich wieder woanders und dachte nicht mehr daran.

Fernsehabende, wie man sie zerstreut und die Programme wechselnd verbringt. Vor kurzem blieb ich in einem Spielfilm hängen, in einer Szene, die eine junge Frau in einer Küche sitzend zeigte, gebeugt über ein in der Backhaube verborgenes Sendegerät, für das sie Zahlen vorlas, genau in der Art, wie ich sie von der Radiostimme damals kannte. Und ein paar Szenen weiter war es ein jüngerer Mann, der in der Küche vor dem verborgenen Gerät saß und einer weiblichen Stimme lauschte, die Zahlen aufsagte, in unregelmäßiger Reihenfolge, vorwärts und rückwärts, zwischen eins und zehn, merkwürdig tonlos, mechanisch, fast maschinenhaft, und nicht lange mußte ich warten, dann kam auch die *fünnef* vor. Der Mann, während er lauschte, schrieb die Zahlen auf einem Zettel mit, dann grübelte er einen Moment, wobei er die Zahlen, den Zahlencode, in etwas zu übersetzen schien, was eine Information war, eine Anweisung für sein weiteres Vorgehen, Handeln und Tun. Es gilt inzwischen als verjährt, im Unterschied zum Verhalten der jungen Frau, die aus Liebe zu dem Mann, einem Mitarbeiter des Ministeriums für Staatssicherheit, eine Spionin geworden und dafür vor Gericht gekommen war.

Das Holz, der Himmel. Kaminholz soll mindestens ein Jahr lang trocken gelegen haben. Eines der beiden Mädchen von damals wohnt mit im Haus. Komm, erzähle doch. Die Geschichten sind abgewandert, aber so weit entfernt liegen die fernen Städte nicht. Ihr Widerschein, vor allem in den Schneenächten jetzt, färbt rot den Himmel im Westen. In den Kinderjahren war der Himmel immer ganz schwarz. Jede Nacht? Nein, wenn es in den Städten brannte, machte der Widerschein der Brände den Himmel rot, im Westen den Himmel. Das Holz, das im Kamin nicht hell auflodern will, habe ich im Dezember geschlagen und vor dem Schneefall hereingeholt. Reste von Eis und Schnee bedeckten die Scheite, die ich, ein Holzfrevler als kleiner Junge, aus den Wäldern heranschleppte; die Kälte in den Räumen ließ keine Zeit zum Warten, bis das Holz, vorschriftsmäßig, trocken war.

Dorische Toccata. Dann, als das Kaminfeuer brennt, verlasse ich den Raum. Dabei fällt mir ein, daß ich eine CD aufgelegt habe mit Orgelstücken aus dem nahen Altenberger Dom. Draußen meine ich zu hören, wie sich das erste der Stücke seinem Ende nähert. Danach wird die CD noch fast eine Stunde lang laufen. Aber ich gehe nicht hin, um das Gerät abzustellen. Ich beschäftige mich im Haus, und der leere Raum ist jetzt allein für das Spiel der Orgel da.

Am Fenster stehend. Im Elternhaus verkehrte auch ein Malerfreund, der wenig malte, aber viel von Kunstgeschichte wußte. Er sagte, die meisten Bilder sind schon alle gemalt, und es passiert selten, daß ich auf eines komme, das noch nicht gemalt ist. Er sagte, ich verstehe mich als Maler, der überflüssiges Malen verhindert. Und wenn er zum Fenster ging und eine Weile in den Garten schaute, sagte er, dies für heute ist mein Gartenbild, und mein Gedächtnis ist die Galerie, in der es hängen wird.

Die Scheune. Ich habe Zeit, ich kann warten. So ähnlich scheint Hannchen, unsere Katze, zu denken, die in der Scheunenecke vor dem Mauseloch sitzt. Sie sieht nicht aus, als befinde sie sich in einer Situation, in der es auf Konzentration, auf angespannte Wachsamkeit ankommt. Sie lauert nicht, sie sitzt einfach da. Das Scheunentor steht offen; man kann hinaus in den Hof schauen und den Elstern zusehen, die sich im Schnee um ein paar Käserinden balgen, die eben aus dem Küchenfenster geflogen sind. Im Inneren der Scheune ist es still und trocken, und in den Schwalbennestern, die an der Wand unter den Deckenbalken kleben, tut sich jetzt im Winter nichts. Die Katze leckt sich die Pfote und fährt mit der Pfote ein paar Mal über den Kopf; sie gähnt, sie schaut nach oben und dann nach draußen; lange Zeit sinniert sie vor sich hin. Aber dann liegt sie plötzlich flach und starrt in die Öffnung des Mauselochs; langsam spannt sich der Körper hoch, vibrierend zieht er sich zusammen für den Sprung, der aber doch ausbleibt, denn offensichtlich ist es noch nicht so weit… Gleich tut die Katze wieder gelangweilt; der Schwanz kommt zur Ruhe, und obschon sie blinzelnd die Augen, die auf das scheinbar leere Loch gerichteten, schließt, sie weiß, nicht lange, und der Moment ist da.

Ortsgeschichte. Die Stadt ist heute schon dort, wo man sie gar nicht vermutet. So sagt es der Städteplaner. Zwischen Maisfeldern, Weideland und bewaldeten Hügeln, auf beiden Seiten der Dorfstraße, folgen dicht aufeinander Tankstelle, Zweirad-Händler, China-Restaurant, Sonnenstudio, Fahrschule, Einkaufsmarkt, Försterei, Postgebäude, Kirche, Bürgerhaus, französisches Restaurant, Gemeindeverwaltung. Die Angestellten der Gemeindeverwaltung, die sich auf mehrere Dorfgebäude verteilt, mit ihren Mappen unterm Arm stehen oder gehen sie, je nach Ampelphase, im Regulierungssystem der Straßenkreuzung, für die jetzt eine Round-about-Lösung in der Planung ist. Nach dem Stauzentrum in der Ortsmitte reihen sich beidseitig Landhaus-Moden, Blumenladen, Frisiersalon, Hotel, Bistro, Gourmet-Restaurant, Altenpflege, Eissalon, Pizzeria, Hair-Studio, Brotkörbchen, Imbiß, Getränkemarkt, Kindermoden, Versicherungsagentur, Apotheke, Kreissparkasse, Arztpraxen, Drogeriemarkt, Postfiliale samt Geschäft für Schreibwaren, Zeitschriften, Spielzeug und Annahmestelle für Kleiderreinigung, Fotoarbeiten, Lotto und Toto. Nach einer unbebauten Obstwiese folgen Raiffeisenbank, Kunstschmiede, Tankstelle. Der Städteplaner sieht sein Stadtkonzept als universelles Phänomen, für das, konkretisiert in unserer Dorfstraße, ein paar hundert Dorfbewohner fünf Minuten Fußweg brauchen. Das ist so bequem, daß die Dorfbewohner es vorziehen, viele ihrer Besorgungen im Dorf zu machen und auf lange Fahrten in die umliegenden Städte zu verzichten. Insofern entspricht unser Dorfleben dem marktbeherrschten System, das der Städteplaner in seinen Städten funktionieren sieht. Insofern gingen die Leute vom Dorf der Stadt aber verloren, wäre nicht längst die Stadt ins Land hinein unterwegs. Der Städteplaner sieht und sagt das so. Er rechnet mit der Faszination, die vom Magnetismus der Metropolen ausgeht. Den aber haben wir doch auch, sagt der Gemeindevertreter, indem er auf die Anziehungskraft unserer Dorfstraße verweist. Das in Spitzenzeiten dort herrschende Verkehrschaos spiegelt en miniature das Chaos der Ballungsgebiete in Lagos, der nigerianischen Hauptstadt, wider, ein Chaos übrigens, das auf wundersame Weise funktionieren soll. Der Städteplaner sieht darin ein Beispiel für seine Idee von Ville contemporaine. Ist er ein verkappter Anarchist? Die Stadt als schützenswerte Monade hält er für einen städtebaulichen Irrtum. Ihn zu beseitigen, folgt er Konzepten, die hinauslaufen auf völliges Auslöschen von Geschichte, auf das Entstehen artifizieller Stadtgebilde. Die alte Försterei steht auf einer Wiese, die der Eigentümer, ein ortsansässiger Adelsherr, als Bauland für den Einkaufsmarkt, Parkplätze und das dazugeordnete Wohngebäude hergegeben hat. Das villenhafte Gebäude zu erhalten war zunächst nicht die Absicht, nach ortsinternem Hin und Her aber die Auflage des Bauherrn. Er bewohnt das kleine Schloß, das man hinter den Maisfeldern, am Ende einer Allee, zu Füßen der Waldhügel hochragen sieht. Vor langer Zeit war der Ortsname bekannt für alle die Frauen, die als Hexen hier verbrannt worden sind. Zum Gedenken ist im Schatten der Kirche ein Brunnen errichtet worden, im Ortskern, wo der Trödelmarkt und die Dorffeste stattfinden. Festlegen lassen will sich der Städteplaner nicht; gerne entwirft er eine Boutique, ein Casino für Las Vegas.

Leitstelle. Spuren sind keine mehr zu sehen, und warum das Gebäude in den letzten Kriegstagen noch hart umkämpft worden ist, weiß keiner mehr. Ein paar alte Leute, die noch Erinnerungen haben, wissen auch nichts Genaues; sie sagen, daß damals in der ganzen Gegend eben gekämpft worden ist, Blödsinn, hat auch nichts mehr genützt. Das Gebäude liegt vereinzelt auf einem Hügel, der am Ende der Ortschaft sich hochzieht und nach allen Seiten hin abfällt. Auf dem Dach befindet sich ein kleiner Turm, durch dessen Fenster sich die Landschaft rundum erfassen läßt. Flach dehnen sich die Felder aus, bis sie den Rand der Waldungen berühren. Deutlich erkennbar ist der Verlauf des Flusses, die Lage der Brücke, die beide Ufer verbindet. Die Landstraße, die über die Brücke geht, nimmt unterwegs ein paar Nebenstraßen auf. Man kann beobachten, wie sie weit aus dem Westen kommt, und nachdem sie die Ortschaft durchquert hat, sich in die östlichen Ebenen fortsetzt. Eine halbhohe Mauer umgibt den Garten und den weiträumigen Hof des Gebäudes. Hinter der Mauer wachsen Buschwerk und Bäume hoch, die den Einblick von außen verwehren.

Heute Apfelpfannekuchen. Der junge Bestattungsunternehmer, der jedes Jahr den Karnevalsprinzen abgibt, kommt Geld sammeln für den Karnevalszug. Im August hat er in der Sarghalle angefangen, mit seiner Truppe die neuen Lieder der Saison einzuüben. Ein frostiger Tag, der von morgens bis abends dunkel bleibt. In den Häusern tut sich nichts, und man hört auch nichts, außer dem Geräusch des Abladens, das vom Lieferwagen des Sargtischlers kommt.

Wetterfronten. Tiefausläufer ziehen vom Westen nach Deutschland und bringen mildere Luftmassen mit, deren Ausbreitung der Hochdruckkeil aus dem Norden verhindert. Über Nacht hat Tauwetter eingesetzt, und der nachfolgende Regen zerstört die Schneedecke auf den kleinen Seitenwegen. Der gelbe VW des Postboten dreht sich jaulend im Schneeschlamm und kommt erst nach langwierigen Rückwärts-Vorwärts-Manövern wieder frei. Ein Matsch wie in russischen Dörfern, schimpft der junge Mann. Er muß es wissen; sein Großvater hat in den Wintern an der Ostfront gestanden und liegt da irgendwo begraben. Die Schneemänner in den Vorgärten, damals bekamen sie für die Nase eine rote Rübe ins Gesicht gesteckt, und ihre Augen waren aus Kohle.

Drüben und drüben. Unser Berliner Malerfreund ist oft im Brandenburgischen unterwegs. Seine Fahrten, auf denen wir ihn gelegentlich begleiten, gelten Motiven, die der Landschaftsmaler nach Öffnung von Mauer und Grenzen entdeckt hat: Chausseeverläufe, märkische Dorfflecken, die Taubenhäuser in den großen Höfen, Schleusen überall dort, wo schmale Kanäle und die dünnen Arme der Spree das Land durchziehen. Jetzt hat er Gelegenheit, seine Bilder im rheinischen Düsseldorf auszustellen. Er zögert. Er fragt sich, wer soll denn im Rheinland Interesse haben an brandenburgischen Topografien. Gewiß, worauf es ankommt, das ist Farbe und Form, Komposition und Struktur. Aber dann vielleicht doch Sujets aus der Toscana oder der Provence. Auf den schönen Alleen der Mark Brandenburg, so seine Beobachtung, sieht er kaum noch westdeutsche Autonummern auftauchen, Kennzeichen D aus Düsseldorf schon seit Jahren nicht mehr. Er glaubt auch zu wissen, daß die westdeutschen Limousinen allenfalls auf den Parkplätzen der neuen Landhotels willkommen sind. Vor ein paar Jahren war das noch anders. Da kamen alle die altgewordenen Westdeutschen die Dörfer ihrer Kindheit entdecken, den Charme der stehengebliebenen Zeit, das rumpelige Kopfsteinpflaster. Wo dies alles verschwunden ist, rollt auch die Nostalgie durch keine Dörfer mehr. Vielleicht, so spottet der geborene Lausitzer, soll man nach Westdeutschland mit ein paar Holzlatten gehen, mit Installationen, denen sieht man ja nicht an, wo sie herkommen, wo sie gemacht sind.

Kunstmuseum Bonn. Am Telefon erzählt eine Freundin, daß sie am Wochenende mit ihrem Mann eine Ausstellung besucht hat. Danach haben sie in der Cafeteria gesessen, und ihr Mann hat sich eine Linsensuppe bestellt. In der Suppe schwimmen die Scheiben einer Bockwurst. Mißtrauisch schiebt der Mann mit dem Löffel die Wurstscheiben hin und her und äugt zu der Kellnerin hoch. Sie hebt die Schultern und sagt, ich hab das Tier nicht gesehen, ich würde die Suppe nicht essen.

Die Truhe. Es kommt vor, daß tagelang Gesuchtes verschwunden bleibt und man statt dessen Unerwartetes entdeckt. Die kleine verstaubte Schachtel hat jahrelang in einer Truhe gelegen, die aus einer nach Kriegsende geräumten Wohnung stammt. Ich finde in der Schachtel einige Fotos, die in der alten Wohnung entstanden sind. Da sehe ich sie nun wieder, die Interieurs, von denen das Kind längst Abschied genommen hat und die im Gedächtnis des Erwachsenen stehengeblieben sind. Freilich bringen die Fotos den Nachweis, wie oft das Gedächtnis täuscht, daß seine Aktivistin, die Erinnerung, gern von der einstigen Realität abweicht, wenn sie durch die Räume der Kindheit geht. Vor allem, wenn die Bilder im Gedächtnis verblaßt sind, handelt die Erinnerung eigenmächtig und erfindet Bilder, die dann, verglichen mit den dokumentarischen Mitteilungen der Fotos, nicht so recht authentisch sind. Aber auch die Fotos sind für Irritationen gut. Ich schaue mir näher das Lichtbild an, das vor der Wand des Wohnzimmers eine große antike Truhe zeigt. Es ist die Truhe, in der ich die verstaubte Schachtel mit den Fotos gefunden habe. Auf wundersame Weise sind ein paar Möbelstücke aus der alten Wohnung nicht nur gerettet worden, sie haben auch alle die Jahrzehnte, alle familiären Umbrüche, Ortswechsel und Umzüge überstanden. So steht die Truhe jetzt im Haus, und nachdem ich ihr Abbild betrachtet habe, schaue ich mir das Möbel selber an. Es ist eine kleine Truhe. Jedenfalls ist sie kleiner, als sie auf dem Foto aussieht. Täuscht also auch das Foto? Nein, der Betrachter ist es, der sich täuscht, indem er nämlich die Truhe auf dem Foto wieder mit den Augen, das heißt, aus der Blickhöhe des Kindes sieht. Er kommt sich als das Kind vor, das vor der Truhe steht. Anfangs hat es nicht einmal die Fläche des Truhendeckels überschauen können; heranwachsend ist es ihm später gelungen, den Deckel über die Kopfhöhe hinaus hochzustemmen. Das Foto sagt mir noch einmal, wie groß, fern und schwer, unüberwindbar und unerreichbar die Möbel, die Gegenstände, Straßen, Häuser und Plätze, die Ziele, Wünsche und Ängste in der Kinderzeit gewesen sind. Jetzt fällt es mir leicht, nichts einfacher als das, den Deckel hochzu*heben*. Aufatmend schaue ich die Truhe an; sie erlaubt es, für einen Moment lang erleichtert zu sein.

Russischer Tee. Heute morgen trinke ich Tee aus einem Becher, den ich im kleinen Tee-Contor des Berliner Bahnhofs Friedrichstraße gekauft habe. Den oberen und unteren Rand des Bechers umlaufen zwei aus Rechtecken und Dreiecken gebildete Friese, die senkrecht verlaufende Linien verbinden. Ein blauweißes Muster, das auf allen Geschirrstücken der Teehandlung wiederkehrt: Tassen, Tellern, Eierbechern, Kannen. Gelegentlich bringe ich ein Stück nach Hause mit. Inzwischen hat die Teehandlung eine Filiale im Kölner Hauptbahnhof; ich könnte also in der Nähe einkaufen. Mir geht es aber um den Bahnhof Friedrichstraße, in Erinnerung an Jahre, als dort ein unübersichtliches Zwangssystem aus endlosen Korridoren, Sperren und Kontrollen eingerichtet war. Die Zeiten scheinen vergessen zu sein; heranwachsende Kinder kennen den Bahnhof nur in seinem glänzenden, weiträumigen, basarhaften Zustand. Mein Becher ist nicht dazu da, das Trostlose, den Schrecken des früheren Zustandes zu vergegenwärtigen. Im Regal stehen aber Becher, von denen ich vergessen habe, wie sie da hingekommen sind.

Der Trend. Es hört sich an, als schimpften die Meisen. Ewig hängt der Buntspecht am Meisenknödel. Von den größeren Vögeln ist er der einzige, der sich an der Futterkugel festkrallen kann. Krähen, Elstern, Häher flattern hilflos um die Kugel herum; sie sind ja auch nicht imstande, am Baumstamm hochzuklettern und rücklings an einem Zweig zu hängen. Jetzt kommt Gelächter aus dem Birnbaum, aber das ist der Grünspecht, der sich selten im Vogelhäuschen sehen läßt. Wir haben Futterringe hinausgehängt, obschon das Tauwetter Bäume, Büsche, Wiese langsam von den Schneemassen freimacht. Die Konflikte konzentrieren sich nicht länger auf die Plätze im Vogelhäuschen. Schauerbildung im Tagesverlauf, vereinzelt Bodenfröste nachts, Hundeschlitten auf dem Ladogasee.

Lärmschutzfristen. Der Korb steht voll leerer Flaschen; ich fahre über die Höhenstraße zum Glascontainer. Der silbergraue Behälter, versehen mit Einwurfmöglichkeiten für weißes, grünes und braunes Leergut, steht allein am Rand einer Weide, an der die Straße vorbeiführt. Zaunpfähle verlaufen quer über das Wiesenstück, das sich wellenförmig hinab in eine tiefe und weite Talsenke staffelt. Sie gibt den Blick frei auf die riesige Ebene, in der das Stadtgebilde von Leverkusen nach allen Seiten auseinanderfließt. Es ist ein klarer Vormittag. Der Blick reicht bis zum Horizont, vor dem sich, nach den letzten Ausläufern der Eifel, kulissenhaft Schlote, Abraumhügel, Kühltürme und mächtig weiße Gewölkmassen hinziehen, die aus den Kühltürmen der Elektrizitätswerke herausquellen, bei Tag und bei Nacht. Lautlos nähern sich in großer Höhe winzige Maschinen, deren verwehende Kondensstreifen noch in die Niederlande reichen. Die Weide wird von Wohnhausreihen eingegrenzt; die eine Reihe zieht sich um Schuppen, Stall und Scheune des kleinen Bauernhofs herum, dem das Wiesenland gehört. Der Bauer hat die Landwirtschaft aufgegeben. Steht die Schuppentür offen, kann man im Schuppen noch einiges Gerät aufbewahrt sehen, den Heuwagen, den alten Traktor. Mitten im Hof steht breit und neu ein schwarzgeschiefertes Wohnhaus. Der Bauer unterhält im Stall noch drei, vier Kühe, die im Sommer das Gras der Weide kurz halten. Manchmal kommen sie zum Weidezaun und schauen einen an. Die Weide ist zugleich eine Obstwiese; nach Sturmnächten liegt immer einer der alten, hochstämmigen Birn- und Apfelbäume umgestürzt da; das Erdreich ist nur geringfügig aufgebrochen, und die abgerissenen Wurzeln, die in die Luft ragen, sind kurz. Irgendwann sind die umgestürzten Stämme verschwunden, und der Bauer hat neue, niedrigstämmige Bäumchen gepflanzt. Im Frühling steht die Obstwiese in voller Blüte; die Massen von Äpfeln und Birnen, die im Sommer heranwachsen, fallen im Herbst, spätestens Ende November, von den Ästen; dann hüpfen Amseln, ein paar Krähen und Elstern, bevor es verfault, im Fallobst herum. Jetzt bedecken Schneereste die Wiese. Am Rand, wo der Container steht, glitzert im plötzlichen Sonnenstrahl das Meer der Glasscherben auf. Sperrfristen, die dem Lärmschutz dienen, regeln den Flascheneinwurf; das Geräusch des Polterns und Zerspringens, das aus dem Container dringt, ist in den Häuserreihen nicht zu hören.

Auf den Abend warten. Hochschauend sehe ich, wie verstaubt die Fensterscheiben sind. Vor Tagen sind sie doch gewienert worden, ja, vor Tagen, als keine Sonne draußen stand. Jetzt sticht die Wintersonne gnadenlos in die Kammer hinein, und mit dem Staub auf den Fensterscheiben kommt er überall zum Vorschein, der Staub auf dem Tisch, auf der Bank, auf den Stühlen, in der Zimmerluft, wo in den Sonnenstrahlen wirbelnde Staubsäulen stehen. Nie saubermachen, wenn die Sonne scheint, hat früher die Mutter gesagt, sauber sieht die Wohnung erst im Dunkeln aus.

Am Tisch, der mit der Truhe alle Transporte im und nach dem Krieg überstanden hat, haben die Eltern beim Abendbrot Gespräche geführt. Wenn dem Vater dabei ein Name nicht eingefallen ist, dann war immer vom Dingskirchen die Rede. Mit der Zeit schien das Gedächtnis des Vaters zunehmend schlechter zu werden, so häufig tauchte der Name Dingskirchen auf. Der Name betraf aber wechselnde Personen; mitunter, wenn der Vater vom Telefon zurückkam, schienen sie sich auch fernmündlich gemeldet zu haben. Der Junge, in seiner Tagtraumwelt unterwegs, schenkte den Gesprächen der Eltern nur wenig Aufmerksamkeit, doch auf die Dauer blieb ihm nicht verborgen, daß der Vater die Stimme senkte, wenn es um einen Dingskirchen ging. Einmal, als der Vater wieder vom Telefon kam, war ein Dingskirchen *abgeholt* worden, und danach hatte die Mutter den Jungen gleich ins Bett geschickt. Und einmal, als er im Korridor vor der angelehnten Tür des Eßzimmers stand, wunderte er sich, daß der Vater die Personen, um die das Gespräch sich drehte, alle mit Namen kannte. Erst nachdem der Junge das Zimmer betreten hatte, befiel den Vater sein Gedächtnisverlust, und sie hießen wieder Dingskirchen, die im Gespräch vorkamen.

Ortsgeschichte. In einem der Nachbarhäuser ist die Tochter ausgezogen, nach der Arbeit nachmittags, ohne Ankündigung, nur mit der Tasche. Sie ist Mitte dreißig und hat bislang mit der Mutter zusammengelebt. Die Mutter ringt um Fassung; sie erzählt, daß die Tochter jetzt, im nächsten Ort, mit einer anderen Frau zusammenlebt.

Ein selten benutztes Zimmer. Ein völlig verspinnwebtes Fenster.

Und wo war ich. Das Foto, auf dem die alte Truhe zu sehen ist, zeigt auch ein Ölgemälde, das über der Truhe an der Wand hängt. Nicht, daß ich es übersehen hätte. Daß ich es jetzt erst erwähne, liegt an der verzögerten Wahrnehmung dessen, was dem Gemälde inzwischen fehlt. Es kommt oft vor, daß man etwas sieht, aber nicht richtig zur Kenntnis nimmt. Das Gemälde ist ein Porträt der Großmutter; in einem blauen Kleid sitzt sie vor dem Hintergrund einer weiträumigen Hügellandschaft. Das Bild hat lange zu den Interieurs der Kinderzeit gehört; jetzt hängt es in der Kammer gegenüber in der Fensternische. Nachdem ich das wiedergefundene Foto noch einmal betrachtet habe, sehe ich, daß ein breiter Rahmen das Bild umgibt. Wie es gegenüber in der Nische hängt, fehlt dem Bild der Rahmen; es kommt allein mit seiner auf das Lattengeviert des Keilrahmens genagelten Leinwand aus. Auch das Porträt hat, wie Truhe und Tisch, die Geschichte von geräumten Wohnungen, Umzügen, Transporten, familiären Auseinandersetzungen hinter sich; es ist eines der wenigen Stücke, das von der verschwundenen Hinterlassenschaft des Malers übriggeblieben ist. Ich weiß nicht, warum dem Bild der Rahmen fehlt. Ganz banale Umstände vielleicht. Die Erinnerung bietet ein paar Möglichkeiten an, die den Verlust des Rahmens erklären könnten, aber das wären wieder Erfindungen, die den wirklichen Sachverhalt nicht treu rekonstruierten. Mein Nichtwissen ist ja auch kein Beispiel für Gedächtnisschwund. Eher ist es so, daß ich einfach nicht dabeigewesen bin, wenn das Bild von Wohnung zu Wohnung, von Möbelwagen zu Möbelwagen, von Waggon zu Waggon, von Lager zu Lager unterwegs war. Es gibt viele andere Vorkommnisse und Orte, wo ich nicht dabeigewesen bin. Inzwischen kann ich niemanden mehr befragen. Der Maler des Porträts ist aus dem Krieg nicht heimgekommen. Die Großmutter ist bald drei Jahrzehnte lang tot. Seitdem, fällt mir jetzt ein, bin ich im Besitz des rahmenlosen Bildes.

Im Traum habe ich ein Flugzeug verpaßt. Der Flughafen liegt im Ausland; vergeblich versuche ich, an Auskünfte heranzukommen; ich spreche und verstehe die Landessprache nicht. Hilflos und ratlos irre ich umher; in einem Gang komme ich nicht weiter; vor einer Tür geht es nicht weiter; die Situation wird so drangsalös, daß ich wach werde, keuchend, verstört.

Am Ende scheint der Traum immer gnädig zu verfahren. Wenn es nicht weitergeht, bevor das Fallbeil niederfällt, hört er einfach auf. Dabei hat der Traum die Zwangslage selber so angerichtet. Er ist der Erfinder seiner surrealen Szenerien; er steuert die alogisch verlaufenden Ereignisse. Man schläft ja auch nicht ein, um sich dann freiwillig dem Traumgeschehen hinzugeben. Man wählt sich, wie ein Fernsehprogramm, seinen Traum nicht aus. Kurz vor dem Einschlafen denke ich oft, was für ein Traum wartet jetzt auf mich. Ich weiß nur, daß jetzt bald die komplizierte Nachtarbeit beginnt. Es ist eine Art von Gefangennahme, die mich einem System aussetzt, dem ich nicht entkomme. Freiwillig wache ich auch nicht auf. Es ist der Traum, der mich zurückentläßt ins Leben, das, im Unterschied zu den endlichen Zwängen nachts, sein Regelwerk unendlich fortsetzt.

Kinderchronik. Die beiden Mädchen im Haus sind von der Mutter angehalten worden, an langen Winterabenden die Begebenheiten aufzuschreiben, die sich in Haus und Dorf zugetragen haben. Im Januar 1940 beginnt eine Eintragung mit dem Satz: Heute morgen um fünf haben wir Einquartierung bekommen.

In der Frühe wachliegend, höre ich draußen plötzlich Stimmen und Geräusche. Ich weiß, daß es die Männer im Nachbargehöft sind, keine feldgrauen Mannschaften, die gleich an Tür und Fenster klopfen, Einlaß begehren und Haus, Schlafkammern, Betten in Beschlag nehmen, bis zum Stellungswechsel an den Westwall.

Nachmittags um sechs. Tiefhängende Wolken. Kein Schnee mehr auf den Wiesen. Was in der Dämmerung jetzt zu schimmern beginnt, sind die Blütenköpfe der Schneeglöckchen. Wenige stehen vereinzelt; man sieht, wie sie unter der Grasnarbe ihrem Drang folgen, Population zu werden. Reihenweise, pulkhaft breiten sie sich aus; an manchen Stellen sind regelrechte Ballungsgebiete entstanden. An feuchten Stellen, die schon in Sumpf übergehen, endet der Bewuchs, oder er zieht sich wieder zurück in trockenere Regionen. Nachmittags bleibt es jetzt länger hell. Die Schäden sind zu sehen, die abgeknickten, heruntergekrachten Äste, die das Gewicht des Schnees nicht ausgehalten haben. Buchsbaumbüsche stehen vergilbt; Fetzen von Rinde rollen sich um die Stämme, wo der Verbiß der Rehe die Haut der Bäume aufgerissen hat. Die Holzzaunreihe neigt sich in die Richtung, die auch die Windströme genommen haben, die Stürme zu Winteranfang. Unentschieden bleibt, ob die Dunkelheit von den Wolken herabsinkt oder zu ihnen hochsteigt. Indessen sieht man noch, wo man gehen kann. Weiße Inseln bedecken die Wiese.

Motiv mit Rosen. Es hat einen Maler gegeben, der das bestellte Bild, ein Blumenstilleben, nicht rechtzeitig liefern konnte, weil ihm die Rosen ausgegangen waren. Eine andere Blume mochte er in seine Komposition nicht einfügen; sie verlangte nach dem hellen Rot einer aufgeblühten Rose. Es war ein früher Winter im achtzehnten Jahrhundert, und der Maler mußte sein fast fertiges Bild stehen lassen, bis im nächsten Sommer der Blumenhändler ihm sein Sujet, die Rose, endlich besorgen konnte.

Nach dem Aufwachen morgens geht der erste Blick zum Fenster gegenüber, hinter dem die beiden Rosen stehen. Der Strauch ist in den vergangenen Jahren am Fachwerk draußen hochgewachsen, und seine beiden äußersten Zweige berühren jetzt die Sprossen in der Fenstermitte. Die Zweige tragen grüne Blätter; die Blütenblätter stehen in hellem Rot, und zwar unverändert seit den warmen Junitagen im vergangenen Jahr. Im Dezember ist der erste Frost gekommen; im Januar hat das Thermometer zehn Grad unter Null angezeigt; vor ein paar Tagen noch haben die beiden Rosenblüten weiße Mützen aus Schnee getragen. Sie halten sich im Windschatten der Dachgaube und lehnen sich an die Fensterscheiben, die von innen ein wenig Wärme weitergeben. Wenn ich das Fenster öffne, kippen die Rosen in die Schlafkammer herein.

Draußen und drinnen. Noch einmal hochschauend, sehe ich, wie der alte Birnbaum die Strahlen der Sonne auffängt. Zugleich steht er in einer Wolke von Schneeflocken, die sein brüchiges Geäst umwirbeln. Wie ist der Trend ... kann ich die Liegestühle aus dem Schuppen holen ... die Schneeschaufel lehnt an der Schuppentür. Im Osten weiß der Deutsche Wetterdienst von Schneeschauern und Sonne; der Birnbaum steht im Westen, wohin die Meeresluft polaren Ursprungs dringt. Die Momente der Gleichzeitigkeit draußen entsprechen den Vorgängen im Kopf, wo Bilder aus den belgischen Ardennen und vom Ostseebad Graal-Müritz sich ineinanderschieben. Gleich, in kürzester Zeit, ist die Situation entschwunden, und ich stehe vom Tisch auf, um den Ofen zu versorgen.

Die Heute-Nachrichten. Die Moderatorin ist heiser. Sie trägt einen hochgeschlossenen Rollkragenpullover, der gleich zu Anfang der Nachrichten signalisiert, wie erkältet sie ist. Anstatt zu sagen: Verehrte Zuschauer, Sie hören es, ich habe Probleme mit der Stimme, hüstelt sie sich durch die Sendung. Ein paar Mal droht die Stimme wegzukippen, aber vorsichtig hält sie die Sätze in der Schwebe; man spürt, daß sie über dem Abgrund des Verstummens balanciert. Die Sendung verläuft spannend, nicht der Nachrichten wegen, sondern weil man mit der Moderatorin bangt, ob sie es bis zum Wetter schafft. Zwischendurch meldet sich, vom Ort eines Lawinenunglücks, live ein Reporter. Seine Stimme kommt zweimal. Erst denkt man noch, der Reporter spricht nicht deutsch und wird darum synchron übersetzt, aber dann wird deutlich die doppelte Tonspur seines Berichts. Um wenige Silben verschoben, laufen Wörter und Sätze nebeneinander her. Mitunter, obwohl es dieselbe ist, beschleunigt sich die eine, dann die andere Stimme, als liege die

Reportage mit sich selber im Rennen. Dann überlappen sich die Stimmen bis zur Unkenntlichkeit, und man sieht einen Mann sprechen, aus dessen Mund der Dadaismus kommt. Das Unglück tritt hinter die Irritation, hinter die Komik zurück, die eine technische Panne bereitet. Wenn es denn eine ist. Es könnte auch eine plötzliche Offenbarung von etwas sein, was man nie hört, nämlich daß Wörter nicht allein, sondern gefolgt von ihren akustischen Schatten kommen.

Rehe in der Nähe. In der Nacht, gegen vier Uhr, geht das Hoflicht wieder an. Ich schaue hinunter und sehe vor der Haustür das Reh. Jetzt am Vormittag steht es am Wiesenrand in der kleinen Schneise des Wäldchens. Neuschnee bedeckt die Wiese, schmilzt in der Sonne auch schon wieder weg, und im Wäldchen gibt es Stellen, wo das erste Grün des Scharbockskrauts hervorkriecht. Das Reh unterbricht sein Äsen, als ich ans Fenster trete; den Hals hochgereckt, die Ohren aufgeklappt, schaut es zum Haus hin. Das ganze Jahr über haben wir Rehe in der Nähe, manchmal bis zu kleinen Rudeln, die im nützlichen Fall das Gras kurz halten und zum Ärger der Hausfrau die Beete und Blumenstauden, den halben Garten wegfressen. Zwischen den Büschen entdeckt man im kreisrund niedergedrückten Gras ihre Lagerplätze; Hufspuren zeigen, bis wohin sie gezogen und weiter dann mit ihren riesigen Luftsprüngen gleichsam entflogen sind. Im späten Mai, kurz vor dem ersten Heu, streicht der Bauer durchs hüfthohe Gras und schaut nach; es kommt vor, daß die Mähmaschine ein Rehkitz erfaßt und zerreißt. Manchmal nähern sich Rehe bis vor die Remise, und wenn ich dann gerade telefoniere, kann der Gesprächspartner in seinem Hochhaus nicht glauben, daß ich Rehe vor dem Fenster stehen habe. Sie springen sofort weg, wenn ich das Fenster öffne. Das Reh im Wäldchen nimmt sein Äsen wieder auf. Scharbockskraut schmeckt säuerlich, hilft gegen Skorbut und wird mit dem Stecheisen aus der Erde gestochen. Das Gift in der Blüte wirkt nicht, wenn man die jungen Triebe vor der Blüte erntet und unter den Salat mischt. In den Tagen nach Tschernobyl hatten wir auf der Wiese eine ganze Schüssel Wildkräuter gesammelt und einen Salat daraus gemacht. Nach dem Abendessen war im Radio die Warnung gekommen, die in den folgenden Jahren ihre Geltung behalten sollte, für Pilzgerichte und Rehrücken auch.

Die Sommerfotos von der Ostseeküste, im Winter im rheinischen Bergland betrachtet, kommen mir wie Phänomene eines Tagtraums vor. Obschon man selber an den Fotos beteiligt ist, als Subjekt oder Objekt, erzählen sie von Erlebnissen einer Person, die einem fremd, entrückt, fast unbekannt erscheint. Wer steht da, im Sommerdress, in der Badehose ... Man muß es sich regelrecht einreden, daß man selber der Sunnyboy ist, der da durchs Strandleben geht. Aber es bleibt irreal in dem Maß, wie diese Fotorealität nicht meine tägliche Erfahrung ist. Sie läßt sich zwar im nächsten Sommer wiederholen und damit erneuern, aber diese Möglichkeit tröstet jetzt nicht darüber weg, daß ich auch Bilder des Abschieds vor mir habe, der Trennung von jemandem, der ich, in einem glücklichen Moment, vielleicht gewesen bin. Wenn dabei Illusionen entstehen, sind es Vorstellungen von einem ganz anderen Leben, und indem es die Fotos zu dokumentieren scheinen, zeigen sie mir Unwirkliches, Gewünschtes, Unerreichtes.

Vierzehn Uhr elf. Über die Höhenstraße bewegt sich der kleine Karnevalszug. Von Osten her fegt eisiger Wind Schneeschauer über die Hügel; kein Wetter würde verhindern können, daß Fünfjährige tapfer die Trommel rühren. Die Mutter hatte den Jungen schon tot geglaubt, als die Rosenmontagsmenge einmal fast mich erdrückte. Zum Prinzen hat es nicht gereicht, aber den Zug führt er in jedem Fall an, der junge Beerdigungsunternehmer. Die Elefantenherde, die ihm folgt, geht einmal im Monat in die Schöne Aussicht kegeln. Die umliegenden Dörfer haben Delegationen geschickt; die eine hat ihre rollende Scheune mit der Aufschrift versehen: Rinder an die Regierung, Politiker an die Tröge. Vereinzelt fliegen Blumensträußchen und Kamellen durch den treibenden Schnee, in dem ein paar der Nachbarn stehen, zwischen Bierkästen am Straßenrand. Die Marschklänge des Tambourcorps hallen von den Fassaden der Neubauten zurück; grimmig tritt der Tambourmajor auf der Stelle, wenn der Zug wieder stockt. Schwebend, mit erhobenen Händen, naht sich unser Metzgermeister, der Rauschgoldengel, der im vergangenen Jahr ein hinkender, verwundeter Kriegskamerad war. Plötzlich lacht die Sonne durchs aufgerissene Gewölk; mit Blaulicht sucht sich der Rettungswagen einen Weg. Der Pope, im Management des nahen Chemiekonzerns tätig, setzt die Bierflasche ab und erklärt sein Trauma, weshalb er nie wieder in die Stadt zum Rosenmontagszug geht, wo ihn, das Kind, die Menge einmal fast zu Tode erdrückt hat. Es schneit weiter, die Höhenstraße zieht sich hin, zwei Negerinnen sind auf den Glascontainer geklettert und halten sich mit Schunkeln warm; mitten im Zug tuckert ein Traktor mit für den Fall, daß im Schnee ein Leiterwagen steckenbleibt.

Das Tal vor dem Fenster. Von unseren Höhen geht der Blick übers Tal auf die Waldhänge des langgezogenen Hügelrükkens. Das Leben im Tal mit Landstraße, Dorf und dem kleinen Fluß, der sich durch Dorf und Auen windet, davon sieht man hier oben nichts. Die Tiefe und Weite des Tals nimmt man erst richtig wahr, wenn ein großer Vogel, der Bussard, sich vom Zaunpfahl im Garten erhebt und mit wenigen kräftigen Schlägen über die Wiesen schwingt, im Gleitflug ins Tal hinabschwebt, die Flügel ruhig und regelmäßig noch einmal im Flug über die Tiefe bewegt, aufsteigt an den Hängen und in die Wälder eintaucht. Solange der Blick dem Flug des Vogels folgen kann, dehnt sich mit seinem Luftweg das Tal aus; erst wenn er in einem Fichtenwipfel verschwunden ist, rücken die Hügel drüben wieder näher.

Radiogeschichte. In einem der neuen Häuser wohnt allein ein junger Mann, dessen Frau mit Kind nach England abgewandert ist. Oft, bei geöffneten Fenstern, wird im Haus das Radio laut; er hat den englischen Sender eingestellt, der seit vielen Jahren eine Familienserie bringt.

Hausgeschichte. Nachts muß ich das Fenster schließen, wenn aus unserem Schornstein der Rauch zurück in die Kammer weht. Die Alten in der Nachbarschaft kennen, aus der Kindheit, den Geruch schwelender Briketts, der in den Wintern durch jede Dorfgasse, durch alle Straßen der Arbeiterviertel wehte. Oft, wenn der Ofen schlecht zog und qualmte, riß der Vater die Fenster auf: eher erfrieren als am Kohlendioxyd ersticken. Den Jungen in der Nachbarschaft entstehen mit dem Geruch keine Erinnerungen. Zweimal im Jahr kommt durch die Schlaglöcher der Zufahrt der alte Lieferwagen gerumpelt, der Kohlenhändler, der letzte in der Gegend. Der junge Mann, der in der Scheune die Brikettbündel hochbaut, spricht mit einem harten, wie ich meine, polnischen Akzent. Er sagt aber, und fast unwirsch sagt er es zweimal, daß er aus Schlesien kommt.

Kinderchronik. Im Februar 1940 beginnt eine Aufzeichnung mit dem Satz: Meine Mutter hat gesagt, in Bergisch-Gladbach sind Polen, die den Schnee von der Straße kehren, aber sie werden immer scharf bewacht.

Die Zeitung heute. Weiterblätternd hält mich eine Seite auf, die ein Foto bringt, das Straßenstück in einer kleinen polnischen Stadt, deren Namen, Przemysl, ich zum ersten Mal auf Karten des östlichen Kriegsschauplatzes gelesen habe. In die rechte Bildhälfte schiebt sich eine abgeblätterte Hausfassade vor; darin entdecke ich ein weißgerahmtes, sechsteiliges Sprossenfenster, in dem die linke obere Scheibe fehlt. Statt dieser füllt das Viereck ein Stück Metall aus, eine quadratische Blechscheibe, in deren Mitte sich ein kreisrundes Loch befindet. Aus dem Loch ragt ein Ofenrohr heraus.

In der Kindheit hatte das Wort *Zentralheizung* einen Klang, der gleich ein anderes, fremd und vornehm klingendes Wort, das Wort *Komfort* herbeizitierte. In alten, noch vor dem Ersten Weltkrieg erschienenen Reiseführern findet man im Anhang unter viel Reklame-Typographie die Anzeigen der besseren Hotels, die ihre Werbung mit beiden Wörtern versehen. Freunde der Eltern, die draußen im Grünen ein modern gebautes Landhaus bezogen hatten, sprachen vom Komfort, den Winter in zentralgeheizten Räumen zu verleben. Gelegentlich führten Besuche in die Stadt. Dort, in einem Viertel aus der späten Gründerzeit, bewohnten Verwandte des Vaters eine von Korridorfluchten durchzogene Etage, in deren hohen Räumen es keinen Unterschied machte, wo man sich aufhielt, ob im Erker oder Badezimmer, in der Mädchenkammer oder den Salons: alle Räume waren in der kalten Jahreszeit mollig und gleichmäßig durchwärmt. Verborgen hinter holzvergitterten Verschlägen, offen unter den Fensterflügeln hingen oder standen auf geschwungenen, gußeisernen Füßen die Heizkörper, braungetönte Skulpturen, versehen mit pflanzenhaften Ornamenten. Zu Hause an den überheizten Kohleöfen, wenn er daran zu hantieren, sie aufzufüllen oder den Aschenkasten zu entleeren hatte, verbrannte sich der Junge oft die Finger; hier erlaubte es ihre maßvolle Wärme, daß er zwischen die Lamellen seine Hände schieben oder mit dem Rücken davor sitzen und ihn hin- und herreiben konnte, so lange, bis ein wohliges Lustgefühl durch seinen Körper strömte. Legte er sein Ohr an eine der rundgewölbten Rippen, hörte er ein hohles Gluckern, ein fernes Rauschen, das ihn von unterirdischen Wasserläufen, versteckten Katarakten, niagarahaften Strudeln phantasieren ließ. Und wenn er beim Onkel die Nacht verbringen durfte, horchte er im riesigen Gästebett, als verfolge er die Regsamkeiten eines Gespenstes, auf das Ticken in den Wänden, das Gurgeln in den Röhren.

Mit Beginn des Krieges im September wurde neben allem Lebensbedarf auch jede Grubenförderung bewirtschaftet, und nur rationsweise rauschte der Koks in die Keller. Der Briketthügel, den der Junge in streng formierten Reihen aufzustapeln hatte, wurde von Lieferung zu Lieferung überschaubarer. So milde der Herbst blieb, mit dem ersten Kriegswinter drang der erste gnadenlose Feind ins Land, General Frost; seine Truppe, Eis und Schnee, belagerte bis März jedes Haus. Schulgebäude wurden geschlossen; in den leeren Straßen sah der Junge an vielen Fensterscheiben Gebilde heranwachsen, wie er sie in solcher Ausbreitung noch nicht gesehen hatte: Eisblumen, bizarr geformte Signale der Kälte, die in all den unbeheizten Zimmern stand, majestätisch fast in den hohen Räumen der Gründerzeitetage; ausschweifend, in fabulösen Formen und Ornamenten bildete sie sich auf den großen Fensterscheiben ab. Nur in der Küche, im schmalen Nebenzimmer war es mäßig warm; der im Frieden selbstverständliche Komfort der Zentralheizung hatte angefangen, ein kriegsnotorisches Problem zu werden; in manchen Häusern hatte es katastrophal gewirkt, nachdem, bei Tauwetter, die Heizungsrohre aufgebrochen waren. Für den nächsten Winter organisierte sich der Onkel einen Kanonenofen, für dessen Pfeife er im hintersten Kinderzimmer einen Kaminabzug fand. In vielen Häusern suchte man danach vergebens; das System der Zentralheizung kam mit dem Zentrum eines einzigen Kamins aus.

Der Junge, wenn er in den folgenden Jahren durch die Stadt ging und Straßen, Boulevards, Alleen passierte, die vorbei an den prachtvollen Mietshäusern, durch Villengegenden und Landhauskolonien führten, dort überall und auch in den Quartieren, wo die Banken, Versicherungen und Verwaltungen residierten, überall sah er, wie sich zusehends das Bild der Fassaden veränderte, wie alle architektonische Kunst, die für Eleganz, Gleichmaß, Prunk und Prächtigkeit gesorgt hatte, verschandelt wurde von den Ofenrohren, die aus den Fenstern ragten. Silbern glänzend, drohend schwarz, verrostet und verbeult, geknickt und hochgekrümmt, war Fassaden und Fenstern eine Vegetation aus Blech entsprossen, die starr, wie Stümpfe toten Waldes stand. Der Luftkrieg dann nahm kein Wohnviertel aus. Wo in beschädigten, zerstörten Häusern, in Kellern noch Menschen wohnten, sie stellten ihre Herde und Öfchen immer gleich in Fensternähe auf. Und wo in weiten Ruinenfeldern ein qualmendes Ofenrohr aus einer Mauerluke ragte, war das ein Zeichen für Überleben. Verschwunden, vergessen sind alle Installationen der Not, wo nicht, sagt das Foto in der Zeitung heute.

Fahrräder zum Beispiel. In der Post liegt ein Brief, den ein alter Klassenkamerad geschrieben hat. Als solcher gibt er sich jedenfalls aus. Der Name sagt mir zunächst nichts; sein Gesicht taucht zwischen den anderen, vertraut gebliebenen Gesichtern nicht auf, aber er schreibt ausführlich und kommt mit Namen, Erlebnissen, Einzelheiten, die seine Zugehörigkeit zur Klasse beweisen. Er scheint sogar mehr zu wissen als ich, denn er zitiert Lehrer, nennt Namen, beschreibt Vorgänge, die mir alle unbekannt sind. Oder habe ich sie vergessen? Jedenfalls fällt mir auf, wie seine und meine Erinnerungen, obschon sie phasenweise übereinstimmen, auseinandergehen, so weit, daß ich denke, er hat in einer anderen Klasse, einer anderen Schule gesessen. Man kennt das von Klassentreffen, vor allem, wenn der Schulabgang Jahrzehnte zurückliegt. Zunächst erkennen sich alle wieder, reden sich mit Namen an, mit den Vornamen sogar, obschon man sich in der Schulzeit meist nur mit den Zunamen rief; aber es sind auch ältere Damen und Herren dabei, die es einem schwermachen, sie wiederzuerkennen. Kommt es endlich dazu, dann vielleicht wegen eines Augenaufschlags, eines Herabsenkens der Mundwinkel, der Art, wie jemand auflacht oder mit der Hand über die Schläfe in den Nacken geht ... es gibt ja die Eigenarten, die jemandem bleiben, von der Kindheit bis ins hohe Alter. Dann tauschen die Ehemaligen ihre Erinnerungen aus. Oft genügt eine Andeutung, das Nachahmen der Stimme, das Nachmachen der Geste eines Lehrers, das Wißt ihr noch, wie der Schwarzhandel mit den Amizigaretten aufflog, gleich weiß jeder Bescheid. Aber es wird auch Widerspruch laut, Zusammenhänge werden dementiert, Variationen dazugegeben, ganz unterschiedliche Versionen machen die Runde, am Ende ist alles anders gewesen, als das vermeintlich Kollektive der Erinnerung es wahrhaben will. Wie der Schulausflug in Wahrheit verlaufen ist … die Ehemaligen erzählen, daß sie auf Fahrrädern gekommen sind, und schon zerfließt die gemeinsame Erinnerung an den Schulausflug in einem Delta von Geschichten, die alle mit der Nachkriegserfahrung, mit geflickten Schläuchen, Kartoffelsacktransporten, Glassplittern, Evakuierungen, mit der Freundin auf der Stange und der kleinen Schwester auf dem Gepäckständer, mit vermißten Vätern und vergewaltigten Müttern, mit Stürzen und Überfahrenwerden, mit Fahrradhändlern, Fahrradstreifen, Fahrraddieben zu tun haben. Wovon schreibt der Klassenkamerad? Ja, dies und das fällt mir wieder ein. Zusammen in einem Klassenraum … Jetzt ist es der Gedächtnisraum, in dem die Erinnerungen einander überqueren und widersprechen, sich trennen und entfernen, und versammelt man sie wieder, zweifeln sie, ob sie zusammengehören.

Sonntagnachmittag. Das Telefon meldet sich, aber statt der Stimme des Anrufers höre ich Geraschel, vielleicht von Laub, vielleicht Papier; ich sage ein paar Mal hallo und warte ab. Das Rascheln geht weiter, dann läßt es nach, wird leiser und leiser, bis es aufhört und ich anfange nachzudenken, wie das, was der Anrufer mit seinem Geräusch hat sagen wollen, sagbar wäre mit dem Geräusch seiner Stimme.

Meteorologische Jahreszeit. Mir ist kälter als in den Tagen, da sich der Frostkeil über dem rheinischen Bergland nicht weiterbewegte und das Thermometer draußen an der Stallwand klar und hart zehn Minusgrade anzeigte. Da wußte man, woran man war. Jetzt, Anfang März, hat, nach meteorologischem Bescheid, der Frühling angefangen, und der Körper meint, er kann sich nun von seinem Winterfell trennen. Die Sonne tut, als wärme sie ein bißchen, aber der Körper merkt bald, daß im Kühlschrank, wo die Hand nach der Milch greift, es mit acht Plusgraden wärmer ist als in der Frühlingsluft draußen mit ihren vier Plusgraden weniger. Halten wir uns an die Wetterlage, wie sie ist, wie wir sie verspüren. Die Blockzeiten der Wetterkunde täuschen. Schneereste liegen auf der Wiese. Auf der Wiese liegt Schnee.

Das Waldstück in der Nähe zieht mit seinen sanften Hügeln die Kinder zum Schlittenfahren an. Die Hügel umrunden tiefe Bodenmulden, aus denen ein Gehölz heranwächst, das dünn bleibt und seine Blätter nicht lange behält. Die Mulden sind alte Bombentrichter, in denen Jahre nach dem Krieg kolonienhaft die Weidenröschen gedeihten. Einige Trichter wurden mit Ziegelresten zugeschüttet, nachdem man sie zur Aufbewahrung von ausgedienten Kühlschränken und Fernsehgeräten benutzt hatte. Dort kriecht nur Gestrüpp über den Boden. Die alte englische Gärtnerin, in deren Gelände eine deutsche V-1-Rakete niedergegangen war, hatte es sich verbeten, den riesigen Trichter mit Gartenabfällen aufzufüllen; es breiteten sich darin seltene Raupenarten auf den Weidenröschen aus. Ihre Nachkommen legten dann in der aufgewühlten Erde einen Wassergarten an, der nicht lange zu warten hatte, bis ihn Molche und Kröten bevölkerten. Der Teich löst in jedem Frühjahr neue Krötenwanderungen aus; es heißt, die Kröten finden darin das beste Wasser in der Umgebung.

Versäumtes. Im Einkaufsmarkt hatte ich nicht widerstehen können und ein Kilo rotleuchtende Äpfel mitgenommen. Wie so oft hatte ich etwas gekauft, das ich gar nicht brauchte. Mitte Dezember hatte ich die letzten Äpfel auf der Wiese eingesammelt, unter dem jungen Baum, der im vergangenen Jahr zum ersten Mal so traubenhaft dicht getragen hatte, daß die Äste unter dem Gewicht der Äpfel niederhingen bis ins Gras. Um den Stamm herum hatten die Äste einen engverzweigten Raum gebildet, in den ich mit dem Rasenmäher nicht mehr eindrang; zuletzt stand dort das Gras in einer Höhe, daß man die heruntergefallenen Äpfel nicht sah. Die winterkahlen Äste erhoben sich dann wieder, und als ich einmal am Baum vorbeikam, entdeckte ich, was darunter noch an Fallobst lag. Was heißt Fallobst … unversehrt, von keiner Amsel zerpickt, durchlöchert von keinem Wurm, fest die rote Schale, hart das süße Fruchtfleisch, so makellos waren die Äpfel, die ich aus dem Gras herausfingerte, staunend, daß auch Nässe und Nachtfrost den Früchten nichts angetan hatte; einen ganzen Korb voll schleppte ich zum Haus. Im Apfelkeller lagerte in den Regalen noch genug vom Winterobst, vom grünen Ontario; es war ein reiches Apfeljahr gewesen, und in den Gärten der Nachbarschaft, wo kaum noch jemand die Leiter in die Bäume stellte, war großes Ächzen laut geworden: Wohin mit all dem Obst … Einst wußte man, wohin damit, einst, als handkarrenweise das Obst, die Beeren, in die umliegenden Obstpressen ging. Wo den Sommer über bis spät in den Herbst eine kleine Landindustrie sich erhielt, indem sie die Obstschwemme annahm und zurückverkaufte in Gläsern und Flaschen voll Saft, Mus, Most und Kraut. Apfelkraut, Pflaumenmus und Rübenkraut, der Brotaufstrich vom Kindergarten bis zum Reifezeugnis; verklebt von Marmelade die Tische in Baracken und Studentenbuden; ein Schlückchen Branntwein in den Beerensaft, und die Mädchen hörten nicht mehr auf zu kichern. Aber dann machte Jahr für Jahr eine Obstpresse nach der anderen zu; auf der Höhenstraße hatte sich die letzte, die für ihre Produkte auch die Konservendosen mitfabrizierte, an eine Siedlungsgesellschaft verkauft, die zunächst für ebenes Baugelände sorgte und darauf dann ein Gebilde errichtete, das einem städtischen Vorort glich. Es lohnte sich nicht mehr. Ein paar Einsiedler waren noch gekommen und hatten ihre Ernte in den Hof gekippt, aber die waren dann auch gleich zum nächsten Einkaufsmarkt weitergefahren, wo das Obst vom Mittelmeer, und zwar zu jeder Jahreszeit, immer frisch und leuchtend aussah. Wo sich eine neue Welt auftat, wenn man vor Batterien von Gelee- und Konfitüregläsern, Saft- und Mostflaschen stand. Die Mühen mit der eigenen Ernte, mickriges Kroppzeug, ließen sich bequem vergessen hinterm Einkaufswägelchen, und es wiederholte sich bloß eine Gewohnheit, wenn die Landleute in Jahren, in denen Frost und Hagel die Blüte kaputtgemacht hatten, laut über die schlechte Ernte, die Leere der Obstbäume klagten: Früher, da hatten wir noch all das Obst ... Meinen Korb hatte ich in der Remise abgestellt, und da war er dann auch stehengeblieben, bis vor ein paar Tagen. Gelegentlich hatte ich einen Apfel in die Hand genommen und seine Festigkeit geprüft; die größten wanderten in den Apfelpfannekuchen, aber vorgestern dann, als ich wieder einmal in den Korb griff, hatte ich den Matsch in der Hand. Mein Versäumnis, das späte Obst noch angemessen unterzubringen, hatte fatale Folgen. Wie in baufälligen, doch intakt erscheinenden alten Gebäuden plötzlich Treppen, Decken niederstürzen, war gleichsam über Nacht das Innere der Äpfel eingefallen. Ihr Äußeres schien unverändert, unversehrt; ein bißchen vielleicht war ermattet der rote Glanz der Schale, und ein paar Schrumpel verrieten etwas von nicht mehr jungen Körpern. Jetzt aber war die ganze Pracht verschwunden. Ich hatte den Korb zur Kompostgrube geschleppt und über einem Schneerest ausgeschüttet, so daß die Äpfel auf der weißen Fläche zum letzten Male leuchteten. Denn rasch kamen die Amseln angehüpft, segelten aus dem Wäldchen die Elstern, die Krähen nieder. Und heute in der Frühe sah ich zwei Rehe in der

Grube stehen; das eine äste, das andere sicherte zum Haus hin.

Karmann Ghia. Die ersten Bungalows auf den Wiesenhängen hatten leitende Angestellte des nahen Chemiekonzerns bezogen, jüngere Leute, deren Kinder jetzt damit beschäftigt sind, das von den Eltern Geerbte, zwischen einer und zwei Millionen, zu verkaufen. Die alte elegante Dame, deren Flachbau längst hinter hohem Bewuchs versteckt liegt, wohnt immer noch darin, und sie fährt auch noch den cremefarbenen Sportwagen, den der verstorbene Gatte seiner jungen Frau einst vor die Tür gestellt hatte. Um das museumsreife Stück zu schonen, fährt sie nicht mehr so oft; sie beklagt auch, daß es unter Automobilisten kaum mehr Kavaliere gibt. Rechtskurven nimmt sie großzügig mit einem Schwung auf die linke Straßenhälfte, und man muß ausweichen, bremsen oder gleich stehenbleiben, wenn sie einem entgegengerattert kommt. Denn sie steuert vornehmlich in der Straßenmitte, wie damals in den Fünfzigern, als die Straßen zwischen den Dörfern leer waren.

Kinderchronik. Im März 1940 sind Soldaten in der kleinen Klasse. Sie werden darin unterrichtet. Damit mehr Platz ist, haben sie die Bänke auf den Schulhof gestellt. Dort werden die Bänke weiß unter den Schneeflocken, die langsam herabfallen.

Im Traum bin ich aufgerufen worden. Ich trete aus der Reihe und setze mich zu der Gruppe, die um den Tisch herum sitzt. Dort fragt man mich, wer ich bin und was ich am Tisch will. Ich gebe mir Mühe, meine Identität zu erklären, aber ich merke, daß keiner so richtig zuhört. Am Tisch sitzen ein paar Leute, die ich von früheren Tischrunden her kenne. Umgekehrt, jedenfalls tun die Leute so, bin ich für sie ein Unbekannter. Ich will aufstehen und gehen, aber man läßt mich nicht gehen. Jemand schiebt mir ein Blatt Papier zu, mit der Aufforderung, die Situation so zu beschreiben, als handele es sich um einen Traum, der, während ich ihn beschreibe, zu Ende geht.

Nach diesem Regen. Auf dem Weg hinüber zur Scheune muß ich ein Seengebiet umkreisen. Die Schneeschaufel, die an der Wand lehnt, jetzt kann sie in den Geräteschuppen wandern; die Schneefallgrenze liegt bei zwölfhundert Metern. In den Gewässern spiegeln sich die schwankenden Zweige von Nadelbäumen, sieht man weiße Wolken nach Nordosten ziehen, über Mecklenburg zur Küste hin, die heute am Ende der Wiese, gleich hinter der Böschung, beginnt.

Blaues Kleid. Die Freundin aus der Kinderzeit hat Geburtstag, man sieht sich fast nie, ich rufe in Norddeutschland an. Sie erinnert an ihren letzten Geburtstag im Krieg. Ein Tag wie im Sommer, ungewöhnlich warm für einen Märztag; wir verbrachten den Tag im Vorgarten, im Hof, auf der Straße; Sonne und sanfter Wind aus dem Süden. Tiefflieger in der Luft, unterwegs ein Bomberverband aus dem Raum Hannover-Braunschweig. Die Freundin hatte ihr blaues Sommerkleid an, zum ersten Mal nach dem Winter, nach der Flucht, nach dem Tod erst des Vaters, dann der Mutter. Sie sagt, es war ihr schönster Geburtstag bis heute.

Pfau und Pfaueninsel. Im Winter gingen die Nächte still zuende. Jetzt fangen in der Frühe die Vögel an; es ist noch dunkel, aber einschlafen kann man nicht mehr. Als erster Vogel meldet sich der Pfau; schon um vier legt er mit seinem

Gejaule los, das sich in langen Bögen über den Acker, die Wiesen zieht. Der Pfau heißt Richard und gehört Nickel, unserem Nachbarn, der einige hundert Schritte talwärts im Gehöft von Mutter Anna lebt. Zu der kleinen Landwirtschaft, die der Werkzeugmacher nebenher betreibt, gehören ein paar Rinder und Pferde, Schweine und Hühner; für die beiden Töchter hält er Kaninchen und Meerschweinchen, den Esel und den Pfau. Nickel sagt, der Pfau schreit nach einer Frau, aber er hat es aufgegeben, für Richard eine Pfauenfrau zu unterhalten; jedesmal ist der Fuchs gekommen und hat sich das kleinere, federarm schmucklose Weibchen geholt. So sitzt Richard allein im Baum und schreit jetzt, im Frühjahr, jede Nacht. Er schreit auch am Tag, aber vermischt mit den Tagesgeräuschen klingt es nicht wie Schreien in der Einsamkeit. Wenn es still bleibt, ist Richard unterwegs. Tage können vergehen, bis sich jemand aus der entfernteren Nachbarschaft meldet und Nickel samt Familie losziehen muß, um das Tier einzufangen. Manchmal stolziert der Pfau über die Zufahrt in unseren Hof, und wir können ihn mit Brotkrumen aus dem Küchenfenster aufhalten. Nicht lange, und Richard pickt sich hinterm Haus quer über die Wiese, wo, nach meinem Anruf, Nickel bald auftaucht mit Töchtern und Frau Dore. Langsam bilden wir einen Kreis um den Pfau, vorsichtig nähern wir uns, denn wenn Richard ausbricht, zur Straße hinunter, wird es dort gefährlich. Aber der Pfau, als habe er auf sie gewartet, läßt sich von den Mädchen aufnehmen und davontragen, und in der folgenden Nacht beginnt er wieder mit seinem Geschrei.

Die Schreie drangen durch das Dickicht der Büsche, die das Ufer der Insel säumten. Es war ein Berliner Sommer vor vielen Jahren; Freunde besaßen ein kleines Segelboot, eine Jolle, und wir kreuzten schon den ganzen Tag in den Gewässern der Havelseen. Nachmittags, während wir picknickten, lagen wir in der Nähe einer Bojenreihe, von der wir wußten, daß sie die Wassergrenze zwischen Westberlin und dem Gebiet der DDR markierte. Vielleicht hatte es ausgesehen, daß wir die Grenze zu wenig respektierten ... Von der Uferseite, die der weiße Beton der Mauer abschloß, näherte sich in rascher Fahrt ein Patrouillenboot der ostdeutschen Grenzbewachung. Wir kamen nur langsam frei; der Anker hatte sich verhakt und ließ sich nur mühsam lichten; der Wind war abgeflaut, wir mußten nach den Paddeln greifen. Inzwischen hatte das Patrouillenboot die Bojenreihe erreicht und sich längsseits gelegt, nur wenige Meter von unserer Jolle entfernt. Auf beiden Booten kein Laut; die Grenzwache blickte uns durch ihre Ferngläser an, wir schauten durch unsere Sonnenbrillen hinüber, das Maschinengewehr zeigte mit seinem Lauf auf unser Boot. Ein langer Moment von Gespanntsein und Stille, die dann die Schreie unterbrachen, die Pfauenschreie, die von der Insel kamen, plötzlich, grell und auf eine Weise wirksam, daß wir so etwas wie Erlösung empfanden, denn das Patrouillenboot tuckerte nun, von der Bojenreihe sich entfernend, weiter, und der Wind griff ins Segel der Jolle und bewegte sie aus der Grenzzone fort, auf das Ufer der Insel zu, der Pfaueninsel, wo hinter den Büschen und Bäumen die großen Vögel über die Wiesen gehen.

Ortsbeziehung. Während einer Fahrt durch den Niederen Fläming, einer abgelegenen Landschaft im Südosten der Mark Brandenburg, entdeckten wir das am Rand einer alten Webersiedlung liegende Kloster Zinna. Angesichts von Klostergebäuden und Kirche, aus der Orgelspiel drang, zwischen Mauerresten und Giebelfronten, inmitten von Chorfenstern, Kreuzgewölben, Pfeilerarkaden empfanden wir die Nähe von etwas, das wir zu kennen meinten, uns vertraut erschien. Auf Reisen geschieht es, daß man an einen Ort kommt, den man nicht kennt und der doch an einen anderen Ort erinnert. Dabei muß es dann nicht um äußerliche Ähnlichkeiten gehen, um architektonisch Vergleichbares; es kann die Art sein, wie aus einem offenen Fenster die Gardine weht, wie Brennesseln vor einer Feldmauer stehen. Kloster Zinna erinnerte uns an nichts, außer, daß wir hier die Eigenschaften brandenburgischer Backsteingotik wiederfanden. Aber dann, in der Broschüre, die wir an der Museumskasse erworben hatten, lasen wir die Entstehungsgeschichte des Klosters, und daran berührte uns, daß zwölf Bauernmönche, Zisterzienser, dazu ein Abt, im Jahre 1170 aus dem Rheinland, und zwar aus dem Kloster Altenberg, gekommen waren, um hier, zwischen Sümpfen und Wäldern, das Kloster Zinna zu errichten. Nun erschien sie uns offenkundig, diese imaginäre Nähe, denn auf Altenberg, das graue Gebäudeensemble von Kloster und Dom, schauen wir von unseren Höhen hinab, und wenn wir ins Tal hinunterfahren, sind wir gleich dort und hören die Orgel spielen.

Zwischenhoch. Spät, nach einem trüben, verregneten Tag, reißt der Himmel auf, und die Sonne, die im Rücken der Höhen unsichtbar steht, strahlt, vor ihrem Untergang, ganze Breitseiten Licht auf die Hügelketten über dem Tal. Sturmböen haben den Zement des Himmels zerrissen; das tagealte Gewölk löst sich in Fetzen auf und treibt durch befreite, geöffnete Luft. Ihr Blau färbt auch das Dunkel ein, in dem das Tal liegt. Die Wälder auf den Hügeln stehen im Glanz, kahle Wälder, die in der diesigen Zeit von grünbrauner Farblosigkeit sind. Jetzt zeigen sie, daß auch ihr Inneres, der laubbedeckte Boden, zu leuchten vermag. Dann verschwindet die Sonne, und als würde ein Vorhang hochgezogen, schiebt sich aus dem Tal die Dunkelheit die Hänge hinauf. Es geht so rasch, daß kaum Zeit bleibt, den Lichtwechsel im Gedächtnis festzuhalten.

Nachruf. In der Stadt ist ein alter Maler gestorben, ein gebürtiger Amerikaner, der als Sergeant, im März 1945, in der Stadt gekämpft und sie miterobert hatte. Nach dem Krieg ist er hier hängengeblieben; er hauste in Ateliers, die inmitten der Ruinen lagen. Seine Bilder sahen aus, als explodierten die Gegenstände darin. Man traf ihn oft in Straßen, in denen die Fassaden der ausgebrannten Häuser noch standen. Als die Stadt wiederaufgebaut war, lebte er für eine Weile in einem Zelt auf den Uferwiesen. Seine New Yorker Heimat wollte er nicht wiedersehen; er zog sich in einen Altbau zurück, malte und malte und ging selten aus dem Haus.

Persil bleibt Persil. Der Inhaber des Dorfladens, in dem ich morgens die Zeitungen und Zigaretten hole, scheint heute morgen verschwunden. Schon um fünf in der Frühe betritt Herr Sander seinen Laden und packt die Zeitungen aus. Wer in der Dunkelheit vorbeikommt, kann um diese Zeit Briefmarken kaufen, ein Paket aufgeben, Geld abheben, denn im Laden ist auch die Postfiliale untergebracht. Ebenso kann man die Jacke zur Reinigung und die Filme zum Entwickeln bringen, und wer in der Morgendämmerung einen Teddybär, eine Wanderkarte, Bleistiftminen, eine Taschenlampe, Luftballons, Leitzordner, ein Wörterbuch, Fotokopien braucht, der Laden steht offen. Verschwunden ist Herr Sander nicht; er ist nur abgetaucht hinter einem Gebirge von leeren Schachteln und Kartons, das sich auf dem Parkplatz vor dem Laden hochtürmt. Für den Container stampft er alle Pappe flach, aber bitte, ich möge doch zugreifen … Herr Sander bemerkt den Blick, mit dem ich das Verpackungsmaterial mustere. Es ist der Blick des kleinen Jungen, der in leeren Kartons seine Höhlen und Verstecke suchte, aus Schachteln sich Schuppen, Hangars, Häuser baute. Der hastig seine Spielsachen im Persilkarton verstaute und dem Vater half, Geschirr und Hausrat unterzubringen, in größter Eile, denn die Frist, die Wohnung für die Besatzungsmacht zu räumen, lief am Morgen ab. Ein leerer Karton war genausoviel wert wie die Habe, die darin zu retten war; mit Kiste und Koffer gehörte er zum Gepäck der unfreiwillig Reisenden. Fluchtgepäck ... man schleppte es zum Leiterwagen, zu den Lastwagen, in die Waggons ... Vertriebene, Verhaftete und Fliehende, sie hockten und lagen darauf in Bunkergängen, Baracken, Bahnsteighallen, Zügen, unterwegs zu einem Ort, der ungewiß, der rettende, eine Turnhalle, ein Lager war. Die Anweisung des Vaters, jeden Karton aufzubewahren, war meinetwegen nie nötig gewesen, und es verging lange Zeit, bis ich sie nicht mehr befolgte.

Busverkehr. Hannchen, die alte Katze, hat auf dem Landkartenstapel gelegen; dabei ist der Niederlausitzer Fahrplan hervorgerutscht ... Alt Zauche, Byhleguhre, Caminchen, Freiimfelde, Fürstlich Drehna, Garrenchen, Jänschwalde Tagebau, Karche-Zaacko, Liedekahle, Mallenchen, Pitschen-Pickel, Saccasne, Schuhlenwiese, Wüstermarke.

A 4. Der Deutsche Wetterdienst bleibt skeptisch, aber die Flora des Frühjahrs ist unterwegs. Mit Muße kann man ihre Fortschritte im Stau auf der Autobahn betrachten. Büsche und Sträucher stehen in vollem Grün; hinter dem Grau der Leitplanken leuchten gelb die Forsythien auf; zum Mähen hoch steht auf dem Mittelstreifen das Gras. Das Grünzeug in den Gärten liegt weit zurück; auf unserer Wiese, am Rand des Wäldchens, wo im Boden kein Unrat und die Luft von würziger Klarheit ist, halten sich fast alle Knospen geschlossen.

Ortsgeschichte. Alle drei Monate ist der Sperrmülltermin. Schon Tage zuvor beginnen die Leute, überflüssigen Hausrat vor ihre Häuser zu stellen. Bis der Container kommt, sind ganze Hügelreihen entstanden. Mitunter sieht es aus, als hätten die Leute vor ihren Eingängen Hindernisse errichtet, Barrikaden. Es könnte auch eine Ausstellung von Objekten sein, die, assemblagehaft ineinander geschichtet, demonstrieren, wie sich das Verbraucherparadies der Warenhäuser und Versandhauskataloge ins Gegenbild der Müllkippe verkehrt. Ganz sicher gehen die Leute ähnlich rigoros wie im Kaufrausch vor, indem sie im Rausch des Aufräumens, der Befreiung von Altlast, den Keller leermachen, den Speicher, das Gartenhäuschen, Schuppen und Garage. Mit Anbauten zur Gartenseite hin, mit Umbauten der Scheunen und Ställe, verfügt der eingesessene Teil der Landbevölkerung über mehr Raum als die Etagenbewohner in Reihenhäusern oder gar die Stadtbevölkerung. Die Hinterlassenschaft von Großeltern hat, oder hatte, hier längere Fristen bis zu dem Vorgang, den inzwischen auch die ältesten Nachbarn, wenn sie eine Standuhr, einen Kanonenofen auf die Straße stellen, Entsorgung nennen. Dabei kommt es dann zu Berührungen zwischen den Generationen. Steht nämlich eine brüchige Kommode, ein wackliger Küchenstuhl, ein Waschbrett aus den zwanziger Jahren am Straßenrand, traben bald ein paar junge Leute aus der Nachbarschaft heran, manchmal mit Sackkarre, manchmal fragen sie auch höflich an; das Gerümpel jedenfalls findet wieder Gebrauch und Zukunft, wenn nicht in der neuen Wohnung, dann auf dem Flohmarkt in der Stadt, wo am Wochenende die jungen Leute Antiquitäten feilhalten. Überhaupt zieht der Sperrmülltermin Interessenten an, die den Müllmännern viel Arbeit abnehmen. Schrotthändler bilden die Vorhut, sie kümmern sich um das ganze Eisengerät, die Reste vom Drahtzaun, die Blecheimer und Gießkannen, Sprungfedermatratzen, Badewannen. Dann kommen die ausländischen Mitbürger, meist Leute vom Balkan, die sich auf Hausrat spezialisiert haben, Gartenmöbel, Kinderwagen, Bettgestelle, Kücheneinrichtungen. Bei diesen Vorausaktionen verschwinden auch Geräte, die von der offiziellen Müllabfuhr ohnehin nicht berücksichtigt werden dürfen, alte Fernseher, Rasenmäher, Kühlschränke und Waschmaschinen. Man weiß das wohl, aber man weiß auch, daß diese Sorte Problemmüll keine Probleme für die Umwelt macht: es gibt immer noch Bastler genug, die mit den Innereien der Geräte etwas anzufangen wissen. Irgendwann, meint man, müßten alle Keller und Speicher, alle Wohnungen von überflüssigem Hausrat befreit sein. Aber regelmäßig, alle drei Monate, stehen die Straßenränder wieder voll. Mal weniger vor dieser Tür, mal mehr vor jener Einfahrt. Die Vorräte an Sperrgut scheinen nicht auszugehen. Sicher entsteht der ständige Nachschub auch dadurch, daß etwa der Wohnzimmerschrank, früher ein Erbstück, heute vorzeitig ausscheiden muß. Die Clubgarnitur am Straßenrand sieht fast neuwertig, aber eben auch recht altmodisch aus. Die nahe Möbelmesse sagt uns Jahr für Jahr, was der neue Trend ist. Von der Haltbarkeit der Dinge redet schon längst keiner mehr. Garantiezeiten, nun ja. Wenn nach fünf Jahren die Waschtrommel nicht rumpelt, der Kühlschrank nicht leckt, dann muß man sich überzeugen lassen, daß ein Wechsel fällig ist. Zum Reparieren kommt ja auch keiner mehr. Immer kürzer werden die Fristen zwischen Anschaffung von Neu und Abschaffung von Alt. Fast täglich erscheinen im Ort die geräumigen

Lieferwagen der Einrichtungshäuser, die mit dafür sorgen, daß der Sperrmüllunternehmer für seine Beschäftigten stets Arbeit und Lohn hat. Fast scheint man Hand in Hand zu arbeiten. Kommen heute die Männer von der Abfuhr, steht morgen das Team vom Möbelhaus in der Wohnung und baut die neue Küche ein, das neue Schlafzimmer auf. Wenige Häuser gibt es, in denen sich nichts zu ändern, nichts auszuwechseln scheint. Sie fallen auf, wenn der Sperrmülltermin naht. Vielleicht steht ein gerissener Plastikeimer vor der Einfahrt, wie zum Beweis, daß man nicht völlig aus der Reihe tanzt. Wenn es klingelt, ist es ein Nachbar, der fragt, ob er, für das Kinderzimmer, die leere Fläche mitbenutzen darf.

Zaungeschichte. Inmitten der Wiese liegt das Gartenstück, das wir nutzen für den Anbau von Gemüse und Salat; auch das Beerenobst steht dort. Der Rehe und der Kühe wegen, die mitunter von den talwärts gelegenen Weiden unseres Nachbarn Nickel hochkommen, umgibt ein Holzzaun das Geviert. Eine Zaunreihe hat sich bedenklich zur Seite gelegt. In der Scheune finde ich ein paar alte Eisenpfähle, die ich, um den aufgerichteten Zaun zu befestigen, neben die Holzpfähle in die Erde schlage. Die Reihe steht jetzt wieder schön senkrecht, aber das Holz in der Erde ist brüchig und fault. Das kommt, weil die *Schuhe* fehlen. Die Schuhe sind lanzenhaft zugespitzte, fünfzig Zentimeter lange Metallpfosten, die, ins Erdreich getrieben, mit ihrem Kopfstück die Holzpfähle aufnehmen, festhalten und dafür sorgen, daß die Erdfeuchtigkeit nicht ins Holz dringt. Zehn, zwölf Jahre ist es her, da riet mir der Fachmann vom Baustoffmarkt, für den neuen Gartenzaun die Dinger unbedingt zu verwenden. Mir gefiel aber nicht, daß die verzinkten, silbern glänzenden Kopfstücke zehn Zentimeter aus dem Erdboden ragen. Sie müssen es, sonst geht die Feuchtigkeit ins Holz. Auch das geteerte Eichenholz der Weidepfähle hält nicht ewig. Dafür, daß er Richtiges rät, ist der Fachmann da.

Die Spinnen des Radardenkers. Noch lange ist kein Herbst, aber sie tauchen jetzt im Frühjahr schon auf, die großen Spinnen; morgens krabbelt die erste in der Badewanne. Sie kommt nicht heraus; sie rutscht an den Wänden ab; ich bekomme ein Bein zu fassen und setze den Riesen im Rosenstrauch vor dem Fenster ab ... Aber wie ist die Spinne hereingekommen, ins Badezimmer, in die Badewanne? Ich werde es wieder nicht wissen; bis in den Herbst, in jedem Jahr, wiederholen sich die Manöver; was haben Ihnen, Dr. Benn, die Zoologen denn gesagt?

Gartengeschichte. Am frühen Abend ruft er aus Wipperfürth an, unser Landmaschinenhändler. Gestern ist er mit seinem Bully gekommen und hat die beiden Mähgeräte zur Inspektion mitgenommen, den kleinen Gartentrecker und den Rasenmäher. Sowenig sich im Winter tut, im Frühjahr geht es in die Vollen und sind die Tage zu kurz, aber der Mann hext seine Arbeit nur so weg, er sagt, der Gutbrod ist o.k., Probleme gibt es mit dem Sabo. Wieso? Die Kurbelwelle. Was ist damit? Hat sich verkrümmt. Ich sage, vorgestern ist der Motor noch angesprungen, habe ich noch zwei Schritte probegemäht ... Er sagt, nun ja, aber wenn Ihnen bei dreitausend Umdrehungen der Messerbalken um die Beine fliegt ... Ich sage, reparieren. Er seufzt lange und erklärt kurz, warum das mit dem Reparieren nicht mehr geht. Ich überlege und komme zu dem Schluß, daß der Rasenmäher fünfzehn Jahre alt ist. Er rappelt und, was nach Bedienungsanleitung ein Alarmsignal ist, er vibriert. Ich sage, dann bringen Sie mal ein paar Prospekte mit. Unser Landmaschinenhändler erklärt mir den neuen 43-4 Economy

TurboStar, und die Prospekte sind nicht mehr nötig. Wann können Sie liefern? Na gleich, es kann aber spät werden, die Mutter liegt im Krankenhaus. Nach dem Krankenhaus rangiert er den Bully in den Hof vor die Scheune, es ist kurz vor Mitternacht. Wie gehts der Mutter? Ob sie durchkommt, entscheidet sich heut nacht. Er schiebt zwei Bohlen, die eine schiefe Ebene bilden, aus dem Lieferwagen; wir rollen den Trecker herunter und gleich in die Scheune. Es regnet. Der neue Sabo steht auf der Wiese; er erklärt, wo und wie sich die Handhabe vom alten unterscheidet. Es gibt kaum Unterschiede; ich kann auch nicht viel sehen. Es ist dunkel. Er zieht an der Leine, und der Motor springt an; ein gleichmäßiges, ruhiges Brummen erfüllt die Nacht. Unten auf der Straße kurvt ein Wagen durch die Serpentine; der Lichtkegel huscht über die Wiese, auf der man zwei Männer im Regen gehen sieht. Der eine hat die Schultern hochgezogen, der andere schiebt einen Rasenmäher vor sich her.

Tagesthemen. Die neue Moderatorin, sie kommt aus dem Rheinland; wie wird sie das Wetter anmoderieren? Sie verspricht ein Wetter, wie man es sich zu Weihnachten wünscht. Wirklich, die Osternacht, draußen vor den Fenstern, versinkt in tiefem Schnee.

Die Dorfsirene, wenn ihr Jaulton dreimal nacheinander anhebt, stehenbleibt und wieder abklingt, ruft die Freiwillige Feuerwehr zum Einsatz. Am nächsten Tag berichtet die Lokalausgabe dann von einem Schwelbrand, einem Unfall. Vielleicht, daß einer der alten Dorfbewohner den Kopf hebt und mit dem Sirenengeräusch sich an die Bedeutung erinnert, die es in seiner Kindheit hatte: es war das Signal für den *Voralarm*, der die Zivilbevölkerung darauf vorbereitete, daß nach kurzer Zeit, in fünf oder zehn Minuten, der fortlaufend auf- und abschwellende Heulton den *Vollalarm* melden werde. Der Abstand zwischen den beiden Alarmstufen entsprach ungefähr der Ferne beziehungsweise der Nähe des anfliegenden Bomberverbandes; die Bevölkerung sollte Gelegenheit haben, rechtzeitig Schutz in den Kellerräumen, Bunkern oder Splittergräben zu suchen. Das Alarmsystem bewährte sich nicht immer. Manchmal waren die Maschinen schneller als der Vollalarm da; manchmal kamen sie gar nicht, und nach drei Stunden brachte der durchgehende Heulton die Entwarnung. Dann war doch noch eine Staffel in der Luft, und während die ersten Bomben niedergingen, jaulten auch die Sirenen wieder los. Die Dorfsirene vorgestern abend meldete sich, nachdem ich im Stall den Kaminofen angezündet hatte, und wenige Minuten später hörte ich von der Höhenstraße das aufgeregte Martinshorn des Einsatzwagens herunterkommen. Gestern um die gleiche Zeit, nachdem ich den Aschenkasten draußen im Mülleimer entleert, den Kaminofen mit Holzspänen gefüllt und mit Hilfe eines Spirituswürfels angezündet hatte, und nachdem die ersten weißen Rauchfahnen übers Dach geweht waren, holte die Dorfsirene die Jungens von der Freiwilligen Feuerwehr erneut zum Einsatz. In der Zeitung gestern und heute blieben beide Einsätze ohne Erwähnung.

Der Graureiher sitzt heute morgen auf der Spitze der Lärche, dem höchsten Baum inmitten unseres Wäldchens am unteren Wiesenrand. Dort oben lassen sich sonst die viel kleineren Rabenvögel, Krähen und Elstern, der Bussard, der Habicht nieder; der Graureiher, an dem alles lang ist, die Beine, der weißgraue Hals, der dolchhafte Schnabel, die Schmuckfeder des Kopfes, vermindert die Dimensionen der Zweige und Wipfel, über die sein in den Himmel gereckter Körper sich erhebt. Eine Weile zwickt und säubert er sich mit dem Schnabel unter seinem halb geöffneten Federkleid, dann zieht er Kopf und Schwanz ein und erhebt sich zum Flug, der mit langsamen, weit ausholenden Flügelschlägen über das Tal hinab in die Flußauen geht. Es wird dauern, bis wir ihn wiedersehen. Der Graureiher kommt selten auf unsere Höhen; den kleinen Teichen in den Bungalowgärten schenkt er nur wenig Beachtung. Sein Revier liegt in den abgelegenen Seitentälern, dort, wo die fischreichen Bäche sich zu deltahaften Verläufen verzweigen und die Uferwiesen ausgedehnte Sümpfe sind.

Wir sind Charlottenburger. Jörn ist wieder da, der Hausbewohner, mit dem ich oft, in langen Winternächten, zusammengesessen habe; vor einigen Sommern verbrachten wir eine Zeit in Wiepersdorf im Niederen Fläming. Jörn hat sein kleines Atelier bezogen; mitten im Raum läßt er seine Reisetasche stehen, halb ausgepackt, als sei er unentschieden, wie lange er bleiben werde. Jetzt ist er wieder aus Berlin gekommen, mit dem Flugzeug, und ganz aufgeregt erzählt er, wie beim Landeanflug im Kabinenfenster unsere nächste Umgebung aufgetaucht sei, der Altenberger Dom, das Dorf, die Serpentinen zur Höhenstraße hinauf, Wiese und Wäldchen, Stall, Scheune und Haus. Es hängt von den Windverhältnissen ab, wie die Einflugschneise liegt: im Luftraum über unserem Gehöft, in dem die Maschinen für ihren westlichen Anflug des Wahner Flughafens die Kölner Bucht im Kreis überfliegen, oder über dem bergischen Hügelland im Süden, von wo der östliche Anflug kommt. Sooft er unterwegs ist, Jörn bewahrt ein Heimatgefühl, das auch am Flugschalter, vor jedem Rückflug, seine dringende Bitte um einen Fensterplatz motiviert, und tiefe Enttäuschung befällt ihn, wenn Nebel, wenn die Wolkendecke undurchschaubar auf der Landschaft liegt.

Der Architekt des neuen Kranzler-Ecks, der Deutsch-Amerikaner Helmut Jahn, hat vom alten Areal den Rundbau stehen lassen, den der Architekt Hanns Dustmann, einst zuständig für das Bauwesen der Hitlerjugend, für das Café Kranzler, eine Ikone Westberliner Wohlstandsstimmung, entworfen hatte. Anstelle der abgerissenen Victoria-Gebäude ist, zwischen Kurfürstendamm und Kantstraße, ein scharfer gläserner Keil gerückt, dessen Spitze den Luftraum über dem Boulevard gleichsam spaltet. Passanten, die hochschauen, machen um die eisberghafte Kante unwillkürlich einen Bogen. So erzählt es Jörn. Am frühen Sonntagmorgen ist er durch die gläsernen Schluchten des Areals gegangen, ohne mehr als ein paar Touristen zu sehen. Das einzige Geräusch, das er hörte, war ein flatterndes Gekreisch, dessen Herkunft er zwischen den Glasfassaden eines Innenhofs entdeckte. In seiner Mitte erheben sich, getrennt durch einen Pflasterweg, zwei kegelförmige, aus Stahlröhren und Draht gefertigte Konstruktionen, zwei Volièren, in denen er Dutzende exotischer Vögel umherfliegen sah. Sie flogen, erzählt Jörn, nicht wie die Vögel draußen im Garten; sie schienen sich eher auf die Begrenztheit des Raums zu konzentrieren und das Äußerste seiner Möglichkeiten zu testen, mit pfeilschnellen Tief- und Steilflügen, rasanten Stürzen und schwindelerregenden Kreisen. Auf den ersten Blick eine beängstigende Wirrnis, aber dann doch ein System genauer Flugrouten, die plötzlich abbrachen, wenn ein Vogel sich auf einem Ast der Baumskelette niederließ, im containerhaften Vogelhaus verschwand oder sich am Draht festkrallte. Hübsch anzusehen, sagt Jörn, all das bunte Gefieder inmitten dieser glasfarbenen Monochromie ... Das Kreischen der Vögel läßt sich als tropisches Klangereignis wahrnehmen, und der Zuhörende bekommt es gleich mehrfach mit; ein fortwährendes Echo springt von den Fassaden des Innenhofes zurück; er bildet einen Raum, der nur sein eigenes Geräusch hervorbringt. Bald weitergehend, erzählt Jörn, geriet ich zwischen die beiden Glasfronten einer Passage, die vor dem querlaufenden Ziegelgemäuer des Bahndamms endet. Vor der Trasse erhebt sich ein eiserner Leitungsmast; dahinter ragt die pompöse Fassade des alten Theater des Westens auf. Der Schienenverkehr von S-Bahn und Fernbahn inszeniert sein eigenes Schauspiel, das man wie im Ausschnitt einer Guckkastenbühne verfolgen kann. Naht sich von links ein Zug, spiegelt er sich, bevor man ihn zu sehen bekommt, in der Glasfassade der rechten Fassadenfront, und bevor er verschwindet, zeigen sich die letzten Waggons bereits in der linken Spiegelseite der Passage ... man sieht das Fahren des Zugs gleichzeitig dreimal; und naht sich zur gleichen Zeit aus umgekehrter Richtung ein Zug oder fahren eine S-Bahn und ein Intercity-Express, um wenige Meter verschoben, nebeneinander her, vermehren sich die realen und die gespiegelten Waggonreihen gleich um das Sechsfache. Nein, ich war ohne die Kamera unterwegs, sagt Jörn, sonst hätte ich auch draußen, auf dem Ku-Damm nebenan, die alte Pracht der Filmbühne Wien aufgenommen ... trostloser Anblick, Leere hinter klassizistischer Fassade, Plakatreste für acht Kinosäle, in der Glasvitrine auf dem Trottoir ein Paar der grünen Kinosessel, käuflich für neunundsechzig Mark, Rabatt bei größerem Mengenerwerb möglich ...

Abends, sagt Jörn, saß ich nach einer Veranstaltung im Café des Literaturhauses in der Fasanenstraße. Alle Tische besetzt; im riesigen Wandspiegel wiederholt sich die Tischbesetzung, weitet sich der Raum zur Illusion, daß große Gesellschaft anwesend sei. Ein paar bekannte Gesichter, alles alte Westberliner, sie kommen aus dem Süddeutschen, aus Franken, Schwaben, dem Hessischen, aus Rumänien und Österreich. Ich hatte von einigen neuen Lokalitäten in der Mitte, im Osten der Stadt gelesen, und ich fragte, ob man sich dort auskenne. Die Runde schüttelte den Kopf. Der Schwabe war einmal in einem Café auf dem Prenzlauer Berg gewesen, weil dort ein schwäbischer Dichter aufgetreten sei, aber sonst ziehe ihn da nichts hin. Ich erwähnte ein paar Sehenswürdigkeiten; der Hesse sagte, da gehen nur die Touristen aus den alten Bundesländern hin. Ich schwärmte von Ausflügen in die brandenburgische Umgebung, nach Mecklenburg, zur Ostsee hoch. Wir sind Charlottenburger, sagte der Rumäne. Er war einmal in Wismar gewesen. Der Franke kannte Kloster Chorin. Der Münchener war bis Buckow gekommen. Der Österreicher sagte, mich hat's einmal nach Potsdam verschlagen.

Kinderchronik. Es ist noch die Sütterlinschrift, deren steil stehende Buchstaben sich in dem horizontalen, aus vier Linien gebildeten Linienfeld halten. In vertikaler Folge bedecken zwölf Linienfelder eine Heftseite. Schwarzes Umschlagpapier schützt die Heftdeckel; bevor wir es benutzten, hatten wir für jedes Schulheft einen Umschlag zu falten. Heute morgen begegneten sich Mussolini und der Führer auf dem Brenner. Sie beratschlagten über unser Schicksal. Schreibfehler wurden mit roter Tinte korrigiert.

Im Traum habe ich in aller Eile ein Hotelzimmer räumen müssen. Die Leute, die es beziehen wollen, sind schon da. Sie kommen mir bekannt vor, aber das hilft nichts, sie pakken ihre Koffer bereits aus, mir bleibt keine Frist. Dabei ist das Zimmer für längere Zeit reserviert gewesen; es ist zugleich ein Büro, in dem ich früher einmal gesessen habe und wohin ich zurückgerufen worden bin, um wieder anzufangen. Meine damalige Sekretärin ist auch da. Sie lehnt im

Türrahmen und erklärt, daß ich die Arbeit, obschon sie dieselbe geblieben sei, kaum noch leisten könne; bestimmte Arbeitsabläufe verrichte inzwischen das Gerät, das aufzustellen und dessen Bedienung zu lernen ich seinerzeit ja immer abgelehnt habe. Ob sich meine Einstellung nunmehr geändert habe oder nicht, jetzt gebe es, trotz Rückberufung, kein Zurück.

Motiv mit fallenden Birnen. Vor Jahrzehnten war es in der Gegend ziemlich still. Die beiden Kammern über dem Stall erreichte noch nicht das Rauschen von Autobahnen und Städten. Durchs Fenster, das nachts offenstand, hörte ich den Wind in die Bäume gehen, und der September hatte angefangen, wenn die Birnen auf die Wiese fielen. Lange Jahre, in jedem Herbst, begleitete mich das Geräusch auf eine Weise, daß es einen Zusammenhang von Empfindungen und Vorstellungen, Assoziationen und Erinnerungen wachhielt, dieses Geräusch von Wind im Birnbaum, von reißenden Zweigen, raschelndem Blattwerk, fallenden Birnen. Wenn eine Umgebung, ein Ort erkennbar bleibt an seinem ihm eigenen Geräusch, dann haben die fallenden Birnen das Geräuschbild unseres Gehöfts bestimmt, und obschon das Geräusch nun verklungen ist, es hat im Gedächtnis, für alle Zeit, seine Tonspur hinterlassen.

Die ältesten unter den Nachbarn können auch nicht sagen, wie lange die Bäume auf unserer Wiese schon stehen, neunzig Jahre, hundert Jahre … Die Kinderchronik meint, die Bäume standen schon immer da. Die Riesen unter den Obstbäumen, das sind die Birnbäume, unzeitgemäße, hochstämmige Sorten, und auf den Fotos aus den frühen dreißiger Jahren kann man sehen, daß sie die ältesten und höchsten Gewächse zwischen den Apfel-, Kirsch- und Pflaumenbäumen sind. Einige stehen nicht mehr; im Alter haben sie den Herbststürmen nicht standhalten können. Manche sind in halber Höhe umgeknickt; die Baumstümpfe haben wir dann stehen und Klettergewächse, Efeu, Klematis, Rosen daran hochwachsen lassen; mit der Zeit sind dabei grünumwucherte Gebilde entstanden, gleichsam natürliche Skulpturen, die aussehen, als seien sie eigens für ihre Gartenumgebung entworfen. Dazu gehören auch die Obstbäume, deren Astwerk Jahr für Jahr abstirbt. Manchmal, als gedenke der Baum sein Sterben mit aller Kraft zu widerlegen, schießt noch einmal die schönste Blütenpracht auf, aber bald sieht man das Scheinhafte des Manövers, im nächsten Jahr steht er völlig kahl da. So lassen wir ihn auch stehen. Die Efeuranken wachsen rasch in die Höhe. Die großen Rabenvögel lassen sich auf den obersten Ästen nieder und beobachten von dort das Gelände. Der Specht hämmert sich um den rissigen Stamm herum, hinauf und hinab. Abends kommt von der äußersten Zweigspitze das Flöten der einen, der einzelnen Amsel. Ein Baum ist tot, aber die Käfer, Insekten und Vögel beleben ihn, und es scheint, er kann sich noch bewegen. Der Kirschbaum hinter dem Wohnhaus, Jahrzehnte hat er gebraucht, seinen aufrechten Wuchs in die Schräge zu lenken, sein langsames Absterben in der Neige zu verbringen; jetzt, gleichzeitig schwebend und auf die Erde sich stützend, ragt er, unmerklich weiter sinkend, quer an den Fenstern vorbei. Moos umschließt den fast waagerecht ruhenden Stamm, auf den sich oft die alte Katze legt. Bevor sie zum Futterhäuschen hinabhüpfen, sitzen auf den kahlen Ästen die Vögel.

Dann ist Sommer, aber wir haben im Haus geheizt. Nach Deutschland fließt von Westen her kühle Meeresluft ein. Der Wetterdienst sagt eine klare Nacht mit Temperaturen zwischen acht und zehn Grad voraus. Sonnenschirm und Liegestühle stehen im Regen. Die Regentonnen sind randvoll und fangen an überzulaufen.

Sicher müßte ich die Gartenmöbel wieder im Trockenen, im Schuppen unterbringen. Aber das hieße, vor der augenblicklichen Wetterlage zu kapitulieren und einen Rückzug vorzunehmen, der erst im späten Herbst unumgänglich ist. Im Sommer wird draußen gelebt; unter dieser Bedingung hat man auf dem Land die Jahreszeit angefangen. Wer jetzt das Feld räumt, hat es verloren und gibt alle Illusionen preis. Schon daß wir heizen, kommt mir wie ein Rückfall vor. Der alte Ölofen in der Küche wollte auch gar nicht erst mitmachen. Zunächst einmal hielt er ein Desaster parat: der Brenntopf, in den ich den angezündeten Fidibus werfen wollte, war voller Öl gelaufen ... entweder war der Öltank undicht, oder ich hatte vergessen, die Zuleitung abzusperren; jedenfalls hangelte ich den halben Vormittag lang mit dem Arm in den Ofen hinab und schöpfte mit einer Suppenkelle das Öl heraus. Der Enge wegen ging das nur fingerhutweise; ein halber Eimer kam zusammen, und den Pullover hätte ich vorher ausziehen sollen; wer weiß, ob die chemische Reinigung den fetten Ölruß aus der Wolle herausgereinigt bekommt. Und als die erste Flamme dann aufflackerte, ging sie gleich wieder aus, und während sie wieder anging, ausging, anging, brach draußen die Sonne durchs Gewölk und drückte den Rauch in den kalten Kamin zurück; in Küche und Stube blieb der ganze Qualm hängen, stundenlang standen die Fenster offen. Aber der Trend sieht ja nicht hoffnungslos aus; es ist Donnerstag, und für das Wochenende sagt der Wetterdienst von den Azoren her einen Hochdruckkeil voraus.

Nachbarschaft. Die junge Frau, die das Haus der Mutter verlassen hat und jetzt, im nächsten Ort, mit einer anderen Frau zusammenlebt, manchmal steht wieder ihr roter Ford auf dem Hof. Dann dröhnt auch bald der Rasentraktor hinter der Scheune auf, und bis zum Abend sieht man sie ihre Runden über das Wiesenland ziehen. Sie arbeitet ohne Fangkorb; das gemähte Gras bleibt in langen, geschwungenen Reihen liegen, bis die Mutter mit dem Heurechen kommt und das Gras in hohen Haufen zusammenrafft. Unsere Grundstücke grenzen aneinander, und es kommt vor, daß ich gleichzeitig auf der Wiese zugange bin. Irgendwann kommen sich unsere Spuren näher, und schließlich begegnen wir uns an den Pfählen, die anstelle eines Zauns die Grenze markieren. Die beiden Trecker machen so viel Lärm, daß wir unsere Zurufe nicht verstehen. Wir nicken und lächeln uns zu und fahren ein Stück Wiese lang nebeneinander her.

Fleißig sein. Nachmittags auf der Wiese; es ist sehr warm, dies und das wäre zu tun, aber ich tue nichts, und während ich den Tag vertrödele, kommt schleichend aus der Kinderzeit zurück das schlechte Gewissen … noch immer sind die Hausaufgaben nicht gemacht. Jahrzehnte nach der Schulzeit hält sie an, die aus der Magengegend kommende Unruhe, weil etwas Unerledigtes unerledigt geblieben ist, das Auswechseln der kaputten Glühbirne, eine längst fällige Rechnung, Briefschulden … Von Tag zu Tag schiebe ich Versäumnisse vor mir her, und einiges kommt dabei zusammen, was sich nicht von selber erledigt. Die Zweige, die ich statt dessen im Wäldchen aufsammle, sind so dringlich nicht, aber es lenkt wunderbar ab, die Zweige zu einem kleinen Haufen zu schichten, der dann als sichtbares Signal von Fleiß und Tätigkeit liegen bleibt.

Der Rauchtisch. Eine Zigarette ist aus der Schachtel gefallen. Sie liegt im Gras, und das Gras ist naß. Während ich die Zigarette zwischen den Halmen hervorfische und auf den Gartentisch lege, fällt mir ein, daß es in der Wohnung der Eltern einen Rauchtisch gab, dieses nußbraune Möbelstück, das zwischen ein paar Clubsesseln stand. Jahre später, nach allen Umzügen, landete der Rauchtisch reichlich demoliert in einer Gartenhütte, die ich eine Zeitlang bewohnte. Die Dachpappe war nicht regendicht, und das Furnier begann sich zu wellen. Als ich auszog, ließ ich das Möbel in der Nässe stehen; dem Vater, der mir die Nachlässigkeit nie verziehen hatte, warf ich eine Zigarette nach ins Grab.

Hausgeschichte. Eine Baustelle umgibt seit Wochen das Haus. Der Sumpf ist trockenzulegen, den die Nässe von Winter und Frühjahr in der Hofeinfahrt, vor Scheune und Stall hinterlassen hat. Jedes Jahr geht das so. Nach langen Regenfällen liegt das Haus, wie ein Inselgebäude, inmitten einer Seenplatte. Wenn der aufgerissene Himmel sich in den Gewässern spiegelt, laden wir Besucher ins Mecklenburgische ein.

Die Arbeit, die Hacke mit seinen Leuten übernommen hat, geht langsam voran. Der kleine Bagger koffert das Gelände portiönchenweise aus, und immer wieder stößt die Schaufel auf Antiquitäten, die es zu begutachten, zu bewahren gilt: Keramikscherben, Glasscherben, verbogene Löffel, Murmeln, roh behauene Feldsteine, Fundamentreste, Ziegelböden, Tonröhren. Wir rätseln über die Herkunft des Schrotts, der in unseren Augen kein Schrott, sondern Erzählung früheren Lebens ist. Aber was wird denn erzählt ... wie ist hier die Bebauung verlaufen, wo seit drei Jahrhunderten unverändert das Gehöft steht? Es gibt keine Pläne, keine Katasterblätter, die ältere Gebäudeteile, eine verschwundene Hofanlage verzeichneten. Hacke hat noch andere Baustellen und schiebt seine vier Leute hin und her; tagelang dirigiert er allein seinen Bagger, und die ganze Zeit versperrt der Container die Einfahrt. Jetzt ist er auf Lehmschichten, auf Felsplatten gestoßen, über denen sich das Regenwasser gestaut hat. Der Schotter kann kommen, bergeweise kommt Schotter, und fast sieht es aus, als werde in den Hof hinein eine Straße gebaut.

Die Reihe Ziegelpflaster, die, zwei Schritte breit, Haus und Stallgebäude umgibt, verläuft alles andere als ebenmäßig. Eher ist es eine Reihe kantiger Hügel und Täler, die durch Erdsenkungen und Frostaufbrüche entstanden sind, eine Bewegungsspur der Jahrzehnte. Hackes Blick geht grübelnd über das Pflaster. Einige Ziegeln sind zerbrochen, ausgewechselte Steine liegen verquer, zwischen den Fugen kriecht Gundermann hervor; die Rinne, in die sich das Pflaster senkt, ist versandet. Wir zeigen Hacke das Foto. Die Mutter im Haus, die das bäuerliche Anwesen übernommen und für die in der Stadt ansässige Familie als Sommersitz hergerichtet hat, steht in Arbeitskleidung auf ein paar hochgetürmten Kubikmetern Ziegelstein. Drei Herren, mit ihren Hüten, Spazierstöcken, Wickelgamaschen sehen sie wie Landräte aus, hocken oder stehen, das eine Bein auf die Ziegel gestützt, ihr zu Füßen. Sie lächeln, und es sieht aus, als begutachteten sie voll Anerkennung das begonnene Werk der Arbeitsfrau … Man kann es, am Rand des Fotos, zwischen Spazierstock und Wickelgamaschen, in einem Sandbett liegen sehen: das Gefüge der Pflasterziegel. Hacke gibt uns das Foto zurück; es ist über siebzig Jahre alt. Er nickt. Er sagt, das ist dann die historische Substanz, und daran ändern wir nichts. Er sagt es lächelnd und bückt sich hier und da, wo etwas wackelt, bröselt, bricht. Vielleicht dürfen wir aber das auswechseln hier…

Hacke und sein Partner Horn sind Freunde seit frühester Schulzeit. Aufgewachsen sind sie in einem Vorort, wo sie noch die Legende von Fritz Herkenrath mitbekommen haben, der Junge im Tor von Preußen Dellbrück. Einmal waren sie soweit, ihren Gartenbaubetrieb wieder einzustellen, weil es keine Arbeitskräfte gab. Wer will schon Gärtner sein, ewig draußen in der Hitze, in der Nässe; wer bringt schon das Auge für das richtige Maß einer Gartenmauer mit, wer hat das Ohr für was die Pflanzen *sagen*. Akkordlöhne können sie auch nicht zahlen, und der zuletzt gegangen und noch immer arbeitslos ist, gekündigt hat er wegen der ewig dreckigen Hände. Jetzt beschäftigt der kleine Betrieb einen polnischen Schreiner, der einen deutschen Namen und deutsche Eltern, aber kein Deutsch gelernt hat, einen Absolventen der Kunstakademie, einen tschechischen Studenten der Geschichte, einen ehemaligen Leistungssportler. Keine gelernten Gartenbauleute, aber Hacke ist hochzufrieden, feine Jungs, kein Geklotze; mit dem Gelände gehen sie wie mit einem Landschaftsgemälde um. Beim Kaffeetrinken sitzen wir zusammen. Sie würden gerne auf dem Land hier leben.

Ein perfektes, unzerschrammtes Gebilde, die Glasmurmel auf dem Tisch. Die rotbraunen Keramikstücke, Material der Phantasie, die einen Krug, einen Tiegel, einen Teller daraus macht. Erfinden wir noch die Benutzer dazu, steht stummes Personal in der Küche; der Zeitgenosse kennt den Originalton ihres Sprechens nicht.

Im Traum bin ich auf einen Termin eingegangen, der in den Nachmittag nach dem Aufwachen fällt. Es ist ein Ortstermin in einer Großstadt südlich des Mains. Wie komme ich so rasch dorthin ... der Städtefahrplan, sonst immer in der Nähe des Schreibtischs, ist verschwunden. Mit dem Wagen könnte ich es schaffen, aber Radiostimmen melden Staus, gesperrte Autobahnen. Militär ist unterwegs. Der Termin, es soll um Korrekturen an einem gelieferten Produkt gehen, ist sinnlos; es gibt nichts zu korrigieren, das Produkt ist völlig mißlungen; ich muß absagen, ich muß absagen, aber das Sofortige erweist sich als das Vertrödelte, Aufgeschobene, Nichteinzuholende ... gegen Ende des Traums meldet sich das Bewußtsein und sagt, daß nach dem Aufwachen sich alles von selber regelt. Aber bis dahin wird wieder telefoniert und gedrängelt, in der Dämmerzone vor dem Wachsein wächst noch einmal der Stau der Lastwagen heran, dann ist es endgültig hell, aber noch lange wartet die Gewißheit, bis sie kommt und sagt, es gibt für heute keinen Termin.

Kurz vor dem Regen, der nicht kommt. Am Fenster stehend, sehe ich, daß ein Vogel am Fenster vorbeifliegt. Er fliegt in Augenhöhe vorbei, so rasch, daß ich ihn nicht identifizieren kann. Wahrscheinlich der Grünspecht. Ich habe Grünspechte mit der Geschwindigkeit eines Geschosses durch die Luft flitzen sehen; erkannt habe ich den Vogel aber erst, wenn er auf dem nächsten Baum gelandet ist. Der Flug am Fenster vorbei ist wie ein blitzhaft gezogener Strich, und der Körper, der ihn zieht, scheint sich flügellos zu bewegen. Ich kenne die Intention des Vogels nicht. Fort zur Nahrungssuche, unterwegs zum Weibchen, heim ins Nest, irgendsoetwas, die schnelle Bewegung meiner Unwissenheit.

Moonlight Serenade. Schon früh steht überm Wäldchen der zunehmende Mond; hell bleiben wird die Nacht. Ein Brief aus dem Jahre 1943 spricht vom Beginn der dunkleren Nächte, und das heißt, von der Möglichkeit fortgesetzter Luftangriffe. Es wird hier also ruhig bleiben, und der Wetterdienst sagt klare Nächte voraus.

Solange es geht. Der Nachbar drüben auf der Wiese, die bis zur Straße reicht, er ist in der Gegend der einzige, der mit der Sense noch umzugehen weiß. Das Gras steht nicht höher als auf den Bungalowwiesen, von wo das Geräusch der Rasenmäher kommt. Leicht gebückt läßt er die Sense in gleichbleibendem Rhythmus ausschwingen, in gleichbleibender Horizontale, die entscheidend ist für das Gleichmaß der Schnitthöhe. Wenn er die Sense aufstellt, den Schleifstein aus der Seitentasche zieht und das in der Sonne blitzende Sensenblatt schärft, hört man ein Geräusch, das es in der Gegend sonst nicht mehr gibt. Aber in diesem Sommer macht er längere Pausen, und sein Gesicht verzerrt sich, wenn seine Hand zur Hüfte greift.

Regal mit alten Kinderbüchern. Der kreisende Raubvogel, der das Kind in seinen Fängen hält, droht es über dem See fallen zu lassen.

Das Licht unter der Türspalte verlöscht, und ein Rauschen geht durch die Wände des Hauses, in dem die fremden Leute unterwegs sind.

Morgens macht der Wind den Jungen wach. Im Baum, unter dem er geschlafen hat, sieht er die Beine der Gehenkten gegeneinander baumeln.

Flammen, sagt die Großmutter, zischeln zwischen den Gladiolen hervor.

Das Mädchen mit den wippenden Haaren geht weiter.

Der Ball kommt mitten aus der Sonne angeflogen, und er streift noch die Fingerspitzen.

Der Junge versteht die Sätze nicht, die er auswendig lernen soll. Er lernt aufsagen, was unverständlich, fremd, ein Rätsel bleibt.

Im Kino hält der Vater dem Jungen die Hand vor die Augen.

Am Bachufer geht es nicht weiter. Der Mann mit der geschulterten Sense kommt näher.

Luftkämpfen zuschauen, und der Feind fliegt als Sieger davon.

Das Kind, das Bilder ausschneidet, schneidet Hände und Füße ab.

Das Dienstmädchen warnt, daß gleich die nahe Turmuhr schlägt. Und dann hört das Schielen nimmermehr auf, bleibt für immer stehen die Fratze, die, um das Dienstmädchen zu erschrecken, das Kind zieht.

Die weißen Hemden von der Leine nehmen, bevor es dunkel wird. Sonst kommen nachts die Gespenster ins Haus.

Wenn der schwarze Mann nicht kommt, der Schornsteinfeger, bleibt im Schornstein sitzen der Teufel.

Der Junge läuft hinter seinem kleinen Hund her. Ein großer Hund setzt in langen Sprüngen nach.

Nachts, mit abgedunkelten Lichtern, rollen Lastwagen am Haus vorbei.

Nun schaut der Posten nicht länger weg.

Weitermachen, Taschentücher wegstecken, die Rauchwolke hat sich verzogen.

Der Zaun ist geflickt worden, das Loch ist nicht mehr da, es ist ein hoher Zaun.

Das Mädchen mit den wippenden Haaren ist nicht zurückgekommen.

Der Vater, bevor er mit dem Jungen nach Hause fährt, sagt, daß die Mutter nicht mehr zu Hause ist.

Zeitgeschichte. Die alte Dame, wenn ihr die Erinnerungen kommen, sagt jetzt nur noch: Gestern. Es macht ihr das Erzählen einfacher; sie muß nicht mehr nach Daten, Jahreszahlen suchen, nicht mehr unterscheiden die Zeiten vor und nach Dreiunddreißig, die Jahre vor und nach der Währungsreform. Zuletzt kam sie gar nicht mehr zum Erzählen; vor allem wenn man sie nach dem genauen Wann gefragt hatte, saß sie nur grübelnd und schien einen imaginären Kalender durchzublättern. Vor zehn Jahren sind zwischen unseren Häusern die Leitungsmasten gekappt und die neuen Stromkabel unterirdisch verlegt worden; jetzt klagt sie, daß seit gestern die Schwalben ausbleiben ... tatsächlich, in jedem Spätsommer versammelten sich, vor ihrem Abflug in den

Süden, reihenweise die Schwalben auf den Drähten. Wo denn jetzt? Gibt es überhaupt noch Schwalben? Geschwaderweise sind sie aufgetaucht, und man hat gar nicht gemerkt, daß man keine mehr sieht. So rasch vergeht die Zeit. Gestern, als es anfing zu schneien, sagt die alte Dame. Noch ist Sommer. Gestern im Krieg, sagt sie. Welcher Krieg? Im Fernsehen gestern. Wirklich, es kann gestern gewesen sein; oder vorgestern; oder letztes Wochenende. Jetzt ist schon wieder Wochenende. Man vergißt so rasch, was man gesehen hat, und alles ist doch ganz nahe noch und zugleich so weit entfernt. Manchmal, wenn es um Erlebnisse in ihrer Kindheit geht, weiß die alte Dame noch Daten und Jahreszahlen genau. Dann können wir, die Jüngeren, nicht mitreden. Aber so viele Jahre sind das nicht. Es sind gewissermaßen ein paar Stufen, die in ihren großen, allein vom Gestern belebten Gedächtnisraum führen.

Hausgeschichte. Der Stromverbrauch in unserem Gehöft wird von zwei Zählern registriert. Der Elektromeister, der alte brüchige Kabel auswechseln kommt, wundert sich. Und er hat recht; ein Zähler ist überflüssig, schon der doppelten Anschlußgebühr wegen. Wir lassen uns kostenorientiertes Denken beibringen, und Thorsten, der Geselle, führt die beiden Anschlüsse zu einem Zählwerk zusammen.

Aber jetzt fehlt uns etwas. Es sind nicht nur der amputierte Zähler und die Gewohnheit, zwei Stromrechnungen zu bezahlen. Das längst Überflüssige war notwendig zustande gekommen in Jahren, als Flüchtlinge, Ausgebombte, Evakuierte, die lange noch als Mieter das Haus bewohnten, ins Gehöft gezogen waren ... Es war eng geworden, und so hatte die Mutter für die Familie nacheinander den Heuboden, den Stall, die Räume in der Scheune wohnlich herrichten lassen. Aber auch die Kinder fanden es nicht für immer gemütlich, im Licht der Kerze Buchstaben zu entziffern und Nähte aufzutrennen, und Petroleum war knapper noch als Wachs. Jetzt schüttelt der junge Geselle den Kopf ... vierziger Jahre, wie so ein Lichtschalter aussieht, sich anfassen und drehen läßt zwischen Zeigefinger und Daumen; vorschriftsmäßig sind die Dinger aber nicht mehr.

Als fehlte etwas im Nervensystem, so kommt es uns vor; als sei dem Haus eine Nervenspur genommen, die in seine Geschichte führt, in vergangenes Leben. Aber wir sagen: auch wenn es eine Täuschung ist, erst jetzt, wo nur die eine Stromrechnung kommt, haben wir den Beweis, daß wir alleine sind im Haus.

Fakes. Jörn kommt aus der Stadt; er hat Galerien besucht. In einer Ausstellung hat er Fotografien gesehen, die ganz banale Gegenstände abbilden, eine Konservendose, einen toten Fisch, einen Friseurstuhl, eine Festplatte, eine Comicpuppe, ein exotisches Gemälde, eine zerknautschte Jeanshose. Die großen Formate sind mit äußerster Präzision angefertigt; genauer, sagt Jörn, lassen sich Gegenstände nicht darstellen. Aber sie offenbaren nicht, was sie in Wahrheit sind, nämlich Objekte, vom Grenzzoll entdeckte Objekte, die Kokain verborgen halten, von Schmugglern raffiniert versteckte Schmuggelware. Und darauf, sagt Jörn, kommt es dem Fotografen an: zu zeigen, wie unwirklich, wie scheinhaft das Wirkliche ist, das so genau, so getreu er fotografiert. Er hat auch die Farbe des Schnees fotografiert, und merkwürdig daran ist, daß das weiße Bild wahrhaft ein Schneebild ist.

Im Sommer bekommt man nirgendwo Vogelfutter zu kaufen. Aber im Garten geben die Sonnenblumen jetzt ihre Kerne her, und der Schrank ist voller Haferflocken. Vogelkundler raten, daß man in der warmen Zeit die Vögel nicht verwöhnen, nicht ablenken soll von ihrer natürlichen Ernährungsweise, von der Ausrottung der Regenwürmer, von der Insektenvertilgung. Aber wir produzieren das Schauspiel weiter, das wir im Winter hinter den Fenstern betrachten. Einmal am Tag wird das Futterhäuschen versorgt, und bald beginnt die Balgerei. Es geht gelassener, fast heiter zu, ohne die Gnadenlosigkeit der Winterkämpfe. Die Flieger bekämpfen einander nicht; die Elstern lassen den Hähern den Vortritt, die Krähen schauen nur gelegentlich vorbei. Der Kleiber beschäftigt sich mit seiner Rinde, solange der Dompfaff das Häuschen besetzt hält; der Buchfink wartet auf dem Dach das Verschwinden der Heckenbraunelle ab. Spatzen und Meisen hocken beisammen und schwirren zusammen weg, wenn die Amsel herannaht. Und wenn für eine Weile das Häuschen leer bleibt, wagt sich auch das Rotkehlchen aus dem Rhododendron hervor. Wo im Winter um die Lufthoheit gerungen wird, finden jetzt höfliche, spielerische Übungen statt. Der Grünspecht, der im Sommer nie das Futterhäuschen anfliegt, läßt sein Gelächter hören. Er hört sich wie ein Kommentator an, der das Alsob der Manöver verhöhnt.

Die Straße. Selten kommt es vor, aber es kommt vor, daß der Wagen in den Serpentinen ins Schleudern gerät. Eine Ölspur, als Ursache plötzlicher Straßenglätte, ist nicht auszumachen; es muß an der eigenen Fahrweise liegen. Aber die eigene Fahrweise ist stets die gleiche. Man kennt ja die Strecke, man fährt sie täglich wie im Schlaf. Dann bemerke ich das Verkehrsschild, das vor der ersten Kurve steht und die Schleudergefahr anzeigt. Steht es schon immer da? Wahrscheinlich. Algen und Rost, Spuren von Witterung behaften das Schild. Wahrgenommen habe ich es nie.

Die Ansichtskarte, die ich aus dem Briefkasten nehme, besteht aus einem Foto, das auf die leere Seite einer Postkarte geklebt ist. Das Foto könnte ich selber gemacht haben; es zeigt ein kleines, von einer Baumgruppe halbverdecktes Gebäude, in dessen Umgebung ich ein paar Sommerwochen lang verbracht habe. Jetzt hält sich die Absenderin dort auf, und ich denke, daß es dieselben Motive sind, von denen sie angeregt wird. Für einen Moment entsteht eine imaginäre Begegnung, bei der wir unsere Fotos vergleichen. Sie könnten alle übereinstimmen, die Fotos, aber wie lange würde das Erzählen dauern, das vom Entstehen, von den Anlässen, vom ganzen Hintergrund der Erfahrungen handelte. Wahrscheinlich gingen sie so weit auseinander, daß man sich wunderte, wie die gleichen Fotos entstehen konnten.

Im Wäldchen. Noch lenkt die Gewohnheit den Blick zum Fenster, zum Fenster hinaus ... Die Katze scheint auf dem Fensterbrett zu liegen, oder es ist ihr Kopf, der über die Banklehne lugt, oder das warnende Tucken der Amsel deutet darauf hin, daß sie hinter den Sträuchern hockt. Aber es gibt im Gehöft keine Katze mehr; Hannchen liegt jetzt im Wäldchen unter einem kleinen Hügel, den ein Feldstein bedeckt. Tagelang hat sie sich wenig bewegt, hat zusammengerollt auf dem Sofafell gelegen und sich kaum mehr füttern lassen. Manchmal, wenn man sich neben sie setzte, hat sie den Kopf leicht angehoben und einen mit Augen angeschaut, die sich gerade noch für ein Blinzeln öffneten. Der Atem ging ganz langsam, manchmal begleitet von einem leisen Pfeifen. Die Tierärztin hatte keine Hoffnung gemacht und angeboten, der kranken Katze in den Schlaf zu verhelfen, aus dem sie nicht mehr aufwacht. Am letzten Tag ist im Haus viel los gewesen, Handwerker und Telefon, im Hof der Bagger, im Radio die Stimme eines toten Freundes; am späten Abend ist das Sofa leer. Wir sind die Treppe hochgestiegen und haben Hannchen unterm Fenster gefunden, gegenüber der Tür zur Schlafkammer, in die sie sich nachts im Winter manchmal eingeschlichen hat.

So alt wird eine Katze selten, hatte die Tierärztin gesagt, aber genau wußten wir nur, daß im Sommer vor einundzwanzig Jahren Hannchen plötzlich um die Hausecke gekommen und seitdem geblieben war. Nicht allein; sie war Paulchen, ihrem Bruder, hinterhergetrabt, angelockt vom Grillgeruch … Keine Ahnung, woher sie gekommen waren, wem die Katzen gehörten; scheue Tiere, die lange vor jeder Hand auswichen, aber gleich zur Stelle waren, wenn sich der Futternapf zu füllen begann … Dann war zu hören, irgendwo in der Nachbarschaft seien Leute ausgezogen; die hätten Katzen dagelassen, ja, zwei schwarze Katzen, die eine mit Halsband, aber eigentlich seien es Kater gewesen.

Bei Paulchen war es eindeutig; mit Hannchen hatte selbst die Tierärztin Probleme. Es verging Zeit, bis die Katzen sich anfassen, auf den Arm nehmen ließen, und Hannchen löste ich dann das Halsband ab. Hannchen meist im Hintergrund, Paulchen immer vorneweg, zehn Jahre lang, bis der Kater im Wäldchen in die Erde kam. Von da an hüpfte Hannchen durchs Fenster in die Küche, hoppelte die Treppen hoch, lag auf Eckbank, Sofa, Schreibtisch, kroch in Scheune und Stall herum – und blieb doch so etwas wie ein wildes Tier, das vor der Anpassung an bequeme Häuslichkeit immer aufs neue zurückscheute. Vielleicht, daß ein früher Schock die Katze getroffen hatte, der Schock des plötzlichen Alleinseins, der Vertreibung, des Davongejagtwerdens, der ihr das Mißtrauen wachhielt vor Häusern und den Menschen darin. Die Gewißheit, wie eine regelrechte Hauskatze gehalten und versorgt zu werden, sie könnte nur wieder eine Täuschung sein. Die streichelnde Hand, sie könnte plötzlich ins

Nackenfell greifen und den Körper in eine Kiste sperren, über eine Mauer, aus dem Autofenster werfen. Leute, die eine Katze fangen oder loswerden wollen, tun zuerst immer ganz freundlich.

In jedem Fall blieb Hannchen in der Nähe des Hauses. Zwei Jahrzehnte lang. Wiese, Garten, Wäldchen. Hannchens Revier stimmte genau mit den Liegenschaften des Gehöfts überein. Wenn tagelange Abwesenheiten uns beunruhigten, eines Morgens saß Hannchen dann wieder auf dem Fensterbrett der Küche. Begann ich Holz zu splittern für den Grillofen, hockte sie schon aufrecht unterm Birnbaum. Das Unberechenbare ihres Verhaltens korrespondierte mit festen Gewohnheiten. Dosenragout, das sie heute verschlang, lehnte sie morgen ab; Mäuse fing sie, um mit ihnen zu spielen. Und oft genug ging unsere Katze fremd. Die Nachbarin mit Tochter, der Nachbar mit der Sense, sie waren selber mit Katzen aufgewachsen, und Hannchen hatte bald herausgefunden, daß sie dort stets willkommen war, und nicht lange dauerten die Balgereien mit den Nachbarkatzen an. Man kannte sich, man respektierte Grenzen und Reviere, man räumte einander Korridore, Pirschrechte ein; gemeinsam lag man in der Sonne im Hof. Vor längeren Reisen lieferten wir in der Nachbarschaft einen Sack Dosenfutter ab, und nach der Rückkehr konnte es Tage dauern, bis Hannchen uns die Gnade antat, langsam, sehr langsam, sich wieder unserem Küchenfenster zu nähern.

Aber dann wich sie auch wieder vor Berührungen zurück, benahm sich die Katze verschreckt und verstört. Hannchen, was ist denn los mit dir ... Die Augen wirkten verdunkelt, wenn sie einen, unter der Bank hervor, unentwegt anschaute, als hätte sie etwas Ernstes, etwas Fragendes zu sagen – aber was, was nur kann eine Katze sagen? Es ist zum Verzweifeln. Man projiziert ja nur die Trauer, das Verlorene, in diese Augen, diesen Blick, der aus einer fernen Tiefe herzukommen scheint, aus einem unerreichbar anderen Leben. Man glaubt sich angeschaut von einem Wissen, das einsam ist und sich nicht mitteilen kann, das einen Grund hat, der entrückt erscheint, unauffindbar jenseits des Schweigens. Was meinst du, Hannchen, kann man es so sagen?

Aber Hannchen, wenn man sie ansprach, zuletzt bekam sie nichts mehr mit. Daß die Katze taub geworden war, merkten wir, als sie auf näherkommende Schritte, auf das Schieben des Futternapfes über die Fliesen, auf Staubsauger und Rasenmäher nicht mehr reagierte. Man mußte schon in ihrer unmittelbaren Nähe hantieren, ehe sie aufsprang. Die Elstern hatten es gleich gemerkt. Unbehelligt stelzten sie um die auf der Terrasse schlafende Katze herum, pickten in aller Ruhe den Futternapf leer. Besorgt, die Elstern könnten sich über den schlafenden Körper hermachen, brauchte man nur am Fenster zu erscheinen, um sie zu verscheuchen; aber dann war auch Hannchen hochgeschreckt und hatte sich aufrecht hingehockt, mißtrauisch, verwundert; langsam schien die Katze wahrzunehmen, daß sich in ihrem Sensorium etwas verändert hatte, daß ihr der Sinn für nahe Gefahr, für das Herankommen von Bedrohlichem, verlorengegangen war. Länger als zuvor sicherte sie nach allen Seiten, bevor sie über den Hof wechselte; unentwegt spähte sie nach allen Richtungen, wenn sie auf der Gartenliege saß. Grundlos schreckte sie zusammen, vor jedem Nichts hielt sie zögernd inne. Zuletzt sah es aus, als sei sie es leid, sich ewig von Phantomen narren zu lassen; Hannchen ging einfach nicht mehr vor die Tür; der Tisch unterm Gartenfenster war ihr die letzte vertraute Bastion; dort saß sie dann und schaute den Vögeln zu, die ums Futterhäuschen schwirrten.

Jetzt zeigt sich uns, fast täglich, ein Phantom. Ein abgebrochenes Aststück auf der Wiese, ein schwarzer Eimer im Hof, der Holzklotz neben dem Ofen, da erscheint für einen Augenblick die Gestalt unserer Katze. Es gibt ja wenige Stellen im Haus, draußen im Gelände, die nicht an Hannchens Anwesenheit erinnern. Wobei es für die Erinnerung, der erst das Vergessen vorangehen muß, noch zu früh ist – eher ist noch die Gegenwart spürbar, die Gegenwart eines Lebewesens, das zum Alltag, zu den Selbstverständlichkeiten, den Gewohnheiten des eigenen Lebens gehört hat. Die Gegenwart setzt sich noch fort. Morgens, beim Betreten der Küche, sieht man zum Fensterbrett hin. Man schaut, bevor man sich niederläßt, in die dunkle Sofaecke. Einen Spalt breit bleibt die Stalltür offen. Im Regal stapeln sich die Dosen mit Katzenfutter. In der Remise stehen die Futternäpfe. Vorsichtig wird der Wagen aus der Scheune in den Hof rangiert. Man bemerkt, wie oft der Blick hinaus zum Garten, zum Wäldchen ins Leere geht. Manchmal wandern wir ins Wäldchen hinein. Zweige und eine Menge Blätter sind herabgefallen. Von Jahr zu Jahr, so kommt es uns vor, wird der Sommer kürzer.

Leere Seiten. Jeden Tag überlegt Jörn aufs neue, ob er nach New York fliegen soll. Er möchte der Stadt jetzt nahe sein, sie besuchen wie einen schwerverletzten Menschen, dem man nicht helfen, mit einem Besuch aber etwas sagen kann … was sagen kann; ich weiß nicht, sagt Jörn, keine Wörter mehr, die den Schrecken, die Wut, die Teilnahme, den Trotz nicht wiederholten. In seinem Atelier hängt das große Foto, auf dem Jörn mit Lena, seiner Gefährtin, zu sehen ist; sie stehen am Geländer der Brooklyn Bridge, und weit hinter ihnen ragen in den Himmel die beiden Zwillingstürme, die aus der New Yorker Skyline jetzt verschwunden sind. Das Foto ist vor wenigen Jahren entstanden. Ein vorbeikommender Passant hatte dem Paar aus Germany angeboten, mit Jörns Apparat den Augenblick fürs spätere Erinnern festzuhalten.

Eigentlich, sagt Jörn, haben mich die beiden Türme immer gestört. Sie waren die einzigen Wolkenkratzer in Manhattan, die ich nicht mochte ... sie kommunizierten mit den Vertikalen der Umgebung nicht. Damals, als ich einen Agenten besuchte, 1973, waren die Gebäude gerade hochgezogen. Fred wohnte gleich um die Ecke. Die ganze Gegend hatte sich verändert, und Fred hatte sich entschlossen, nach einer anderen Wohnung zu suchen ... wo man die Dinger nicht sehen kann. Schlimm zu sagen jetzt, nicht wahr?

Jörn sitzt an seinem Tisch und beschäftigt sich mit einer Art Tageschronik. Er benutzt dazu ein Kalenderbuch, in dem jeder Tag mit zwei Seiten für Eintragungen versehen ist. Manchmal liest Jörn eine Passage vor. Von den täglichen Ereignissen, die er notiert, erkenne ich einige wieder; manche kommen mir vor, als lebte Jörn in einer anderen Zeit. Erinnerungen sprechen mit, auf eine Weise, als sei das Erinnerte ein Moment der Gegenwart. Manchmal wird der Vorgang des Erinnerns durch ein aktuelles Ereignis ausgelöst; das Ereignis kann ganz unerheblich sein, kaum wahrnehmbar, und wenn überhaupt, dann vielleicht durch einen Geruch, einen sich bewegenden Schatten, ein Geräusch aus der Nähe. Oft meine ich, daß Jörn mit seinen Wahrnehmungen nichts anderes als Imaginationen beschreibt. Die Dinge, die Vorgänge geben dann zu erkennen, daß sich mit ihrer Existenz etwas verbindet, das so unsichtbar wie ungesagt bleibt. Ich halte mich an die Oberflächen, ans Äußerliche, sagt Jörn, aber man kann sicher sein, daß er den Erscheinungsweisen nicht traut. Er geht davon aus, daß der Tisch, an dem er sitzt, das Produkt einer Geschichte ist, die in einem Netz undurchschaubarer Zusammenhänge aufgeht.

Das ist wie ein endloser Raum, sagt er, und sobald man ihn betritt, findet man nicht mehr hinaus. Jörn schiebt das Kalenderbuch vor sich her; im September hat er nur in den ersten zehn Tagen etwas notiert. Danach bleiben die Seiten leer.

Jahrestage. Unterwegs auf der B 198, in südwestlicher Richtung, verläßt Jörn Winter Mecklenburg. Ein paar Tage lang hat er sich zwischen Tollense-See und der Insel Usedom aufgehalten. In Neubrandenburg hat er vor einigen Zuhörern erzählt, daß es der Schriftsteller Uwe Johnson gewesen sei, der ihn mit einigen seiner Bücher in die Landschaft eingewiesen habe, bevor er sie dann kennenlernte. Es ist nicht so, sagt Jörn, daß ich unterwegs auf Spurensuche wäre. Aber ich stelle mir vor, wie der Schriftsteller, als er noch lebte, sich das Land, in dem er aufgewachsen und das ihm verlorengegangen war, in seinen Kopf zurückholte. Wenn ich dort jetzt umherfahren kann, wo ich will, begleitet mich so etwas wie Schmerz, ein Trennungsschmerz, der mir vorkommt, als habe ihn der tote Schriftsteller seinem Leser überlassen. Ich mag diese Landschaft mit ihren Dörfern und Städten, mit ihren Seen, mit ihrer Küste; sie ist mir so nahe, daß ich sie mir aneignen könnte. Aber ich spüre, daß sie mit der Trauer die Imaginationen eines Schriftstellers wachhält, der hier in Mecklenburg die Orte, das Zuhause von Personen kennt, deren Geschichte er weit weg zu erzählen hat: zuletzt in einem englischen Haus, in dem er die Themse in die Nordsee übergehen sieht und sich vorstellt, wie sich das Meer ausdehnt zwischen der Ostseeküste mit ihren kurzen, kabbeligen Wellen und der Küste von New Jersey mit einem Strand, gegen den die langen Wellen des Atlantik treiben. In Mecklenburg, sagt Jörn, finde ich eine Landschaft des Verlusts, den das Gedächtnis des Schriftstellers aufzuheben versucht hat. Und ich spüre eine Art von Ungerechtigkeit, wenn ich dort wegfahre und weiß, daß ich jederzeit wieder hinfahren kann.

Ob Gesine Cresspahl mit ihrer Tochter Marie in New York noch lebt?

Wenn ich es richtig verstehe, sagt Jörn, hat der Schriftsteller die Personen, über die er schreibt, zunächst erfunden. Aber indem er sie mit Eigenschaften, Gewohnheiten, Erfahrungen, mit regelrechten Biographien versah, hat er sie zunehmend für reale Personen gehalten. Für Leute, mit denen er umgeht, als wären es seine Nachbarn, die Freunde, die eigene Verwandtschaft. Das ist doch so weit gegangen, daß er, wenn er sie in einem Buch untergebracht hatte, weiterhin gewußt haben will, wie seine Leute dann weiterlebten mit, wörtlich, ihren Augenkrankheiten und Ferienreisen, in ihren Ehen und nach ihren Scheidungen; jeder Aufenthalt, jeder Umzug will ihm bekannt gewesen sein. Und so ist ihm dann auch Gesine Cresspahl wieder über den Weg gelaufen, in New York, in der 42. Straße, nachdem ihm für eine Weile die Mecklenburgerin mit ihrer und Jakobs Tochter entrückt gewesen zu sein schien, in einer dem Schriftsteller ganz sicher fremdartigen Gegend, im rheinischen Düsseldorf. In New York kannte er sich wohl auch nicht so gut aus, jedenfalls nicht so gut wie Gesine, die da schon ein paar Jahre lang lebte und für ein Bankhaus in fremden Sprachen korrespondierte. Und so kamen ihm die Kenntnisse von Mrs. Cresspahl überaus gelegen; der Schriftsteller hatte nach eigenem Bekunden ja herausgefunden, daß in New York sein nächstes Buch auf ihn wartete, ein Buch voller Geschehnisse, wie sie ihm täglich die New York Times berichtete, und Gesine Cresspahl sollte in dem Buch vorkommen als die Person, welche die tägliche Zeitungslektüre auf sich nimmt. Und dabei sollte es nicht bleiben; das Gelesene würde sich an ihre Erfahrungen wenden, würde sie Meinungen und Ansichten haben lassen; Tochter Marie würde mit ihren Fragen kommen, die Gesine zu Erinnerungen veranlaßten, die das Kind würde genauer ausgeführt haben wollen, Erinnerungen an den Vater, der Jakob hieß, an den Großvater mit Namen Heinrich, an die ganze Familiengeschichte, die von Mecklenburg nach England und wieder zurück nach Mecklenburg in die Jahrzehnte einer deutschen Vergangenheit geht, die noch in New York den dort eingewanderten Deutschen gegenwärtig bleibt … und all das sollte Gesine erzählen, wollte in seinem Buch der Schriftsteller weitererzählen: in ihrem Dabeisein, mit ihrer Genehmigung, mit ihren Widersprüchen, gegen ihren Protest. Daß ihr Leben überhaupt beschreibenswert sei, der Schriftsteller hat es seiner Person regelrecht eingeredet – aber die Zustimmung, die Gesine dann gegeben hat, sie hat nur für das Jahr der *Jahrestage* gegolten, und sie endet mit dem letzten Kapitel des Buches.

Da halten sich Gesine und Marie aber nicht in New York auf. Die Kiesel, die um ihre Knöchel rasseln, liegen auf einem Strand an der dänischen Küste.

In einem Radio-Gespräch, sagt Jörn, ich glaube, es war sein letztes, hat der Schriftsteller darauf bestanden, daß die Zustimmung seiner Person nur bis zum 20. August 1968 gilt. An diesem Tag ging der Flug von New York nach Kopenhagen; für den nächsten Tag habe er, der Schriftsteller, den Weiterflug nach Prag angesagt. Da rollten aber schon die russischen Panzer. Ob Gesine dennoch hingeflogen und wo sie dann abgeblieben sei – das sei, so wars im Radio zu hören, in seinem Buch nicht mehr enthalten, da möge man ein halbes Jahr noch warten, dann könne man darüber etwas nachlesen in einem anderen Buch … doch nach dem halben Jahr war Uwe Johnson schon vier Monate tot.

Wäre ich, sagt Jörn, von Beruf ein mit Phantasie versehener Romancier, vielleicht hätte es mich dann einmal gereizt, das Leben von Gesine Cresspahl weiterzuerzählen. Ihr Biograph hatte mich ja so weit gebracht, daß ich selber ihre Existenz nicht länger für ausgedacht, sondern für eine wirkliche hielt. Einmal in New York blätterte ich im Telefonbuch und suchte nach ihrem Namen. Nun gut, vielleicht hatte sie sich nach dem tschechoslowakischen Abenteuer raten lassen, ihren Namen herauszunehmen. War vom Riverside Drive nach Downtown umgezogen. Wo immer … hätte ich, vielleicht nach einem vertraulichen Hinweis aus dem Verlag, der die Rechte an ihrer Biographie innehat, die Adresse von Mrs. Cresspahl schließlich gefunden, dann, ja was dann …

– Hello?

– Please, ähm, I'm speaking with Gesine Cresspahl?

– Who are you?

– My name is Winter, Jörn Winter, coming from Germany, and …

– What do you want?

– The matter is, ähm … sorry, my English is lousy … können wir uns vielleicht auf deutsch unterhalten?

– Sie wünschen?

– Die Sache ist die, daß ich, wenn Sie erlauben, Sie gerne einmal treffen würde.

– Um was geht es?

– Tja, um was geht es … es geht mir um Ihre Erlaubnis, Ihre Zustimmung, womöglich um Ihre Mitarbeit bei folgendem Projekt …

Nicht wahr, sagt Jörn, ich hätte mich gewissermaßen ja bei Mrs. Cresspahl bewerben, die Genehmigung einholen müssen für die Fortsetzung ihrer Biographie – und zugleich hätte ich mir sagen sollen, da macht Gesine nie und nimmer mit. So höflich wie entschieden hätte sie das Telefongespräch beendet. Die Korridortür hätte sie zugedrückt, ohne den unangemeldeten Besuch hereinzulassen. Ein Brief wäre unbeantwortet geblieben. Stummes, unnachgiebiges Veto. Zu Recht natürlich, ohne Zweifel. Nämlich im Sinne auch des verstorbenen Schriftstellers; was hätte der wohl erst von so einer fixen Idee gehalten … vielleicht, sagt Jörn, hätte er sich auf eine kollegiale Geste eingelassen und mit dem Finger an die Stirn getippt; im übrigen hätte er den Bescheid Mrs. Cresspahl überlassen, wohl wissend, wie er ausfällt.

Inzwischen, sagt Jörn, müßte Gesine auf die Siebzig zugehen, und Marie, die Tochter, wäre um die Mitte Vierzig. Da könnte man sich mehr als drei Jahrzehnte Leben ausmalen … ich fange aber damit nicht an. Nur jetzt, nach diesem September, wenn ich an die Stadt denke und mir vorzustellen versuche, wie es ist, mit dem Schock dort weiterzuleben, geht mir Gesine wieder durch den Kopf. Vielleicht, als Rentnerin inzwischen, hätte sie draußen an der Küste von New Jersey ein kleines Haus, und die Rauchwolken wären zu sehen gewesen. Vom Fernseher wäre sie nicht weggegangen. Oder sie hätte sich gleich nach Manhattan aufgemacht. Die Wohnung in Downtown. Und wo steckte Marie? Kaum möglich, daß es die Amerikanerin vor zehn Jahren nach Germany, in die Heimat ihrer Eltern, nach Mecklenburg gezogen hätte, und sie lebte jetzt in Rostock. Eher schon Gesine, gegen alle Bedenken. Am besten, Marie lebte mit Mann und zwei Kindern in einem Flecken im Staat New York, am oberen Hudson, weit weg genug von der Möglichkeit, in der Nähe des Battery Park zu wohnen und täglich zur Arbeit zu gehen, hinüber in einen der beiden Türme. Nicht auszudenken. Ich denke es mir nicht aus.

Was beschäftigen mich Personen aus einem Roman, fragt Jörn. Er zieht einen Stapel Zeitungen, Magazine heran. Das sind die Fotos und Reportagen; das sind die Stimmen der

Bewohner, das sind die letzten Worte aus den Handys, das sind die Berichte der Überlebenden, und wie sie davongekommen sind.

Ein Flugzeug zieht übers Haus. Jörn schaut hoch. Es ist, wie oft am Tag, eine kleine Sportmaschine. Die Einflugschneise der Linienmaschinen liegt heute weiter südlich. Sonst erinnern ihn Geräusche in der Luft an Zeiten, die entfernt sind.

Die Nachbarin ist herübergekommen und fragt, ob wir denn Vorräte anlegen werden. Nein, wofür? Sie ist jünger, aber alt genug, um zu wissen, daß ihre Wiesen ums Haus, alle die Blumenbeete, einmal Gemüsegarten, Feld, Weideland gewesen sind. Jahr für Jahr hat dann der Großvater, nach der Währungsreform, die Anbauflächen kleiner gemacht, die Zäune zurückgesteckt, die Tiere abgeschafft, die Kartoffeln aufgegeben, den Kohl, die Erbsensträucher, die Bohnenstangen; nur die Obstbäume hat er stehengelassen. Die Kinderchronik erzählt von unseren zwei Morgen nichts anderes; da war die Frau Doktor, die Mutter im Haus, die Bauersfrau gewesen mit der Tochter als Magd. Einkaufen sind wir fast nie gegangen, sagt die Nachbarin, und die Lebensmittelkarten waren immer bald alle. Die Scheune, die an unsere Scheune grenzt, steht baufällig. Brüchiges Mauerwerk umgibt die Stelle, wo der Misthaufen war. Im Hühnerstall liegen die Winterreifen. Wenigstens Hühner vielleicht. Die Nachbarin seufzt. Bloß immer der Mist, und wißt ihr noch, kilometerweit ist der Fuchs gekommen. Aber jetzt, wenn ich im Fernsehen sehe, daß am Ende wieder Krieg kommt, denke ich, wo der Garten nichts mehr hergibt, für wie lange habe ich denn Vorräte im Haus.

Heute. Der Korrespondent, der zur Zeit für das Zweite Deutsche Fernsehen aus Kabul berichtet, hat die Angewohnheit, nach seinen live in die Nachrichtensendung geschalteten Statements die Vornamen der im Studio sitzenden Moderation zu nennen. Es klingt, als frage er vorsichtig an, ob seine Einschätzung der Lage im fernen Mainz denn angekommen sei. Es könnte auch sein, daß er den Vornamen als akustisches Signal benutzt, das besagt: Ende der Durchsage, ihr könnt weiterfragen. Inzwischen ist für den Zuschauer daraus eine Fernsehgewohnheit entstanden. Sobald der Korrespondent auf dem Bildschirm erscheint, wartet man und weiß, das Schlußwort mit dem unsichtbaren Fragezeichen kommt so sicher wie das Amen in der Kirche. Manchmal aber passiert es, daß der Korrespondent nach seinem letzten Satz einfach verstummt. Was ist denn jetzt los? Der Mann wirkte ja ein bißchen verwirrt; er druckste auch herum, als er auf seinem unsichtbaren Spickzettel nicht gleich fand, was er sagen wollte. Oder die Redaktion hat ihm einen Wink gegeben: nun laß das mit den Vornamen mal; von allen Kollegen, Uwe, bist du der einzige mit diesem Tick. Jedenfalls fehlt etwas. Der ganze Bericht hat kein Salz in der Suppe. Regelrecht Leere tut sich auf. Aber am nächsten Abend – und die Lage ist so, daß der Korrespondent jetzt häufig erscheint – kommt das Gewohnte, von einem schüchternen Lächeln begleitet, wieder zurück: Petra? Klaus Peter?

Später Nachmittag. Verläßt man die City über die hochgeschwungenen Brücken der Stadtautobahn, sieht man bald in der Ferne die Höhenzüge des beginnenden Berglandes. Darüber schweben große Inseln von Wolken, zwischen denen das Blau des Himmels sich ausdehnt. Ein Sog scheint von dort auszugehen; man steuert automatisch mit in einem unendlich langen Verkehrsstrom, den es hinaus zwischen die Hügel zieht. Die Stadt im Rücken, glaubt man zugleich den Druck zu spüren, den sie auf den Verkehrsstrom ausübt. Im Rückspiegel sieht man, wie dicht die Fahrzeuge aufeinander folgen; eine gejagte, sich selber jagende Kolonne. Rushhour, ein gewöhnlicher Tag. Die Stadt liegt unter einer trüben Dunstdecke, und stellt man sich vor, daß sie von einer plötzlichen Katastrophe heimgesucht worden ist, daß der giftige Rauch einer Explosion über der Stadt liegt, dann bewegt sich über die Autobahn ein Flüchtlingsstrom. Man hofft sich retten zu können ins Bergland, ins Bild einer Illusion, die der Himmel über der Landschaft zu verwirklichen scheint.

Die Landkarten zeigen, wo es lang geht. Am genauesten, bis zur Bezeichnung von Bodenerhebungen, Flurhecken, Sumpfwiesen, sind die Meßtischblätter. Wenn auf den Autobahnen alles steht und der Rückstau auch die Bundesstraßen und Kreisstraßen verstopft, kommt es auf die kleinsten Landstraßen an, auf Ortsverbindungen, die nur dem Dorfbewohner bekannt sind. Auswege lassen sich finden, wenn man den dünnen schwarzen Linien folgt: sie bezeichnen Feldwege, Waldwege, die nur die Fahrzeuge der Land- und Forstwirtschaft benutzen. Für den Geländewagen kein Problem. Notfalls läßt sich auch auf Wanderwege wechseln. Es kommt auf die Situation an, ob man jeden eingezeichneten Weg meidet und es querfeldein versucht. Als letzte Möglichkeit bleibt, den Wagen stehen zu lassen und zu Fuß weiterzumachen. Spuren von Wild führen ins Dickicht, aber auch wieder hinaus.

Das Auftauchen des Waschbären, dem Possierlichkeit nachgesagt wird, hat in der Bevölkerung unseres Landkreises gleich Unruhe verursacht. Man fühlt sich von einer Krankheit bedroht, an der in den Vereinigten Staaten, wo der Waschbär zu Hause ist, schon Leute gestorben sind. Die Kreisverwaltung winkt ab. Nur wenige Exemplare seien gesichtet worden. Immerhin, der Waschbär ist da, und das Forstamt bestätigt, daß im Dorf unten einer abgeschossen worden ist. Also hatte die Nachbarin, die in der Frühe die Zeitungen austrägt, doch recht, als sie auf unserem Hof, zwischen Scheune und Haus, beobachtet haben wollte, wie ein Waschbär sich davonmacht. Und auch für die beiden Erdhöhlen, die ich im Gestrüpp unter den Nußbäumen, zwischen Schlehe und Forsythien entdeckt hatte, findet sich nun wohl eine Erklärung. Denn Hasen oder Kaninchen gibt es hier schon lange nicht mehr, und der Fuchs wohnt nicht in der Nähe von Gärten und Häusern. Schließlich die Tatzenspuren auf der weißen Fachwerkwand der Scheune, ganz offensichtlich: da hatte ein Tier hochgemacht und unter dem Traufbalken her sich auf den Scheunenboden gezwängt, und ich hätte die Katze, den Marder dafür verdächtigt, wären auf den Bodendielen nicht diese seltsamen Kothaufen liegengeblieben. Daß der Waschbär in Häuser einsteigt, hört man aus dem Nordhessischen, wo eine ausgedehnte Population herangewachsen ist, seit in den dreißiger Jahren dort zwei Pärchen ausgesetzt worden sind. Manchmal kommt eine Besucherin aus Wilhelmsthal bei Kassel ins Haus, und sie versteht die ganze Aufregung hier nicht. Natürlich, jede Nacht wuselt der kleine Bandit ums Haus, steigt die Terrasse hoch und plündert die Katzennäpfe leer. Oder steigt in die Mülltonne ein, reißt den Gelben Sack auseinander. Die Besucherin hat auch gleich die Spuren in Scheune und Garten identifizieren können. Nur zu sehen bekommen wir ihn nicht. Der Waschbär gilt als Meister der Tarnung, des Versteckens. Im Haus suche ich jetzt nach einer Zeichnung, die seit Jahrzehnten irgendwo verborgen liegt. Damals waren wir von New York nach Los Angeles geflogen. Wenig Geld in der Tasche, hatten wir, um nach ein paar Tagen weiter nach San Francisco zu kommen, beschlossen zu trampen, auf dem High Way an der Küste entlang. Bob und Jane nahmen uns in ihrem VW-Transporter das längste Stück mit. Nachts im Motel wurden wir von merkwürdigen Geräuschen wach. Am nächsten Morgen erzählte Bob, daß im Motel auch ganze Familien von Waschbären nächtigten. Zum Abschied nahm er ein Blatt Papier, und um uns zu zeigen, wie so ein racoon aussieht, fertigte er eine Zeichnung an.

Die Einmachgläser. Der schmale Gang, der sich vom Haus durchs Stallgebäude zieht, endet vor der verwinkelten Treppe, die hinauf zu den Dachkammern führt. Das winzige Sprossenfenster wird umrahmt vom Efeu, der außen an der Mauer hochgewachsen ist bis unters Dach. Von den drei grüngestrichenen Türen öffnet sich die eine ins Haus, die andere nach draußen in den Hof, die dritte in den Stall, der als Kaminzimmer hergerichtet ist. Im Gang hängen an den alten Garderobehaken ein paar abgetragene Jacken, die jetzt, nachdem die Kälte zurückgekommen ist, wieder getragen werden. Der Fußboden, aus Backsteinen gemauert, hat dunkle Flecken, wo lange die Ölkanne gestanden hat. Unebenmäßig verläuft die weiße Außenmauer, in der sich das Wurzelwerk des Efeus eingegraben hat. Versucht man es zu entfernen, und man hat schon lange aufgehört es zu versuchen, reißt man die ganze Mauer ein. Steigt man die Treppe hinauf, muß es keinen Grund haben, wenn man in der Mitte stehenbleibt und in den Gang zurückblickt. Man fragt sich, wer, außer einem selber, den Gang kennt und benutzt. Es ist auch der Weg vorbei am Verschlag, der sich hinter der Bretterwand verbirgt. Eine schmale Regalwand zieht sich daran vorbei. Das Regal ist gefüllt mit leeren, verstaubten Einmachgläsern. Führt man den Finger darüber, gibt das eine oder andere Glas den Rest eines Etiketts frei. Verblaßte Tinte, verschnörkelte Schrift; man entziffert Daten aus dem vorigen Jahrhundert; dreißiger, vierziger Jahre.

Kalte Erde, warme Luft. Die Tage sind kurz und bleiben dunkel, und will man das Tageslicht zum Lesen benutzen, gibt es nicht viel Zeit. Im Winter bevorzugen wir die Prosa des Deutschen Wetterdienstes. Das Land ist aufgeteilt in fünf Vorhersagebereiche, die um die Mitte herum den vier Himmelsrichtungen folgen. Dort, wo man lebt, kann man die Vorhersage mit dem Wetter vergleichen, das man gerade hat. In unserer Gegend, die zum Westen gehört, soll es, nach zögernder Nebelauflösung, heute niederschlagsfrei bleiben. Es nieselt aber. Die Temperaturen sollen zwischen zwei und vier Grad liegen. Das Thermometer draußen an der Stallwand zeigt minus zwei Grad an. Mit winzigen Trippelschritten habe ich mich dorthin bewegt, und ich überlege, wie ich ins Haus zurückkommen soll. Denn inzwischen, nach einer Körperdrehung, bei der mir die Füße weggerutscht sind, liege ich flach auf der Erde. Das Wort Blitzeis kommt im Wetterbericht nicht vor. Man liest es erst am nächsten Tag, als die Zeitung von der plötzlichen Eisbildung und dem darauf folgenden Verkehrschaos berichtet. Wieder auf den Beinen, bleibe ich eine Weile stehen. In der Scheune steht ein Sack Streusalz, dort muß ich hin. Eine Amsel hüpft vor mir her.

Geräuschbild. Wie still und ereignislos diese froststarren Tage vergehen, wird einem plötzlich bewußt, als am Vormittag ein Hubschrauber über der Landschaft steht. Mit seinem tiefen Gebrumm füllt das große militärgraue Fluggerät die Luft aus; indem es näherkommt, wird das Schnattern seiner

Rotoren hörbar. Eine Weile bleibt es über unseren Wiesen stehen, dann dreht die Maschine ins Tal hinab und verschwindet hinter den Wäldern, bis sie an den Flanken des Bergrückens wieder hochtaucht und über die leicht verschneiten Wipfel streicht. So wenig erkennbar wird, was der Zweck des Flugmanövers ist, so zielsicher scheint der Hubschrauber die Seitentäler und Hügelkämme abzutasten. Er kreist und steht, senkt und erhebt sich, als mustere er den Verlauf des Geländes. Die ganze Zeit zeigt sich keiner der Vögel, die sonst unterwegs in den Gärten sind, und man sieht auch die Rehe nicht mehr, die am Waldrand gestanden haben.

Ortsgeschichte. Lissy kommt aus ihrem alten Fachwerkhaus geschossen. Gestikulierend steht sie auf dem Hof. Dort hat sich ein riesiger Laster hineinrangiert; der aufmontierte Kran hat die erste der Betonröhren hochgehievt, die er allesamt auf dem Hof abladen will. Su jeht dat nit. Wat jeht su nit? Lissy macht den Leuten klar, daß der Hof der Kundenparkplatz ihres Frisiersalons ist. Immer wieder zeigt sie auf das handbekritzelte Nur-für-Kunden-Schildchen. Die Männer in den leuchtfarbenen Overalls stehen unschlüssig herum. Sie haben den Auftrag. Von wem? Von der Gemeindeverwaltung. Seit ein paar Tagen läuft der Baubeginn des Verkehrskreisels, der seit Jahren in der Verkehrsplanung ist. Die Männer zeigen zum Rathaus hinüber. Lissys lange Arme rudern über die Hoffläche. Trotz Baubeginn hat der Bau noch gar nicht richtig begonnen, der hart und so tief gefrorenen Erde wegen, daß der Bagger die Rohrschächte nicht ausgehoben bekommt. Der Bagger ist auch noch gar nicht eingetroffen. Ein paar Vermessungsleute stehen mit ihren Geräten um die Kreuzung herum. Hier ist das Zentrum des Staus, der ein paar Mal am Tag die Ortsmitte zumacht. Die regierende Fraktion im Rathaus hat dafür die Round-about-Lösung parat. Die opponierenden Fraktionen sehen das, auf unterschiedliche Weise, anders, haben aber keine Alternative. Ein weißer Geländewagen manövriert sich in den Hof hinein. Triumphierend zeigt Lissy auf das Kundenparkplatz-Schild. Die Opposition hat mit der schwierigen Finanzierung einen Zankapfel, auf den sie ständig einhackt. Tatsache ist, daß die Gemeinde kein Geld hat. Sie gilt als die ärmste im Kreis, ungeachtet des höchsten Millionäranteils, den sie, im Vergleich mit allen Nachbargemeinden, vorzuweisen hat. Das Problem ist: es gibt kein Gewerbegebiet. Mit diesem Defizit wiederum lockt die Gemeinde Wohnungssuchende an, mit Erfolg, wie die seit Jahrzehnten zugebauten Freiflächen zeigen. Aber Bauland ist nun knapp. Achtzig Prozent des Gemeindegebietes bestehen aus Wäldern, Wäldern. Alles unter Naturschutz. Der Rest gehört der Landwirtschaft. Nur für ein paar Gutbetuchte noch die letzten Baulandstreifen. Lissy verhandelt mit einem Mann, der nach dazugekommener Gemeindeverwaltung aussieht. Die Gemeinde hat sich für ihr Bauwerk das Geld zusammengeliehen. Daß und wie der Finanzausschuß die waghalsige Aktion bewilligt hat ... also wer früher mit Schulden dastand, der war auch bald im Armenhaus. Kilometerweit entfernt kündigen, seit Wochen, auf den drei Zufahrtsstraßen Hinweisschilder die Großbaustelle in der Ortsmitte an. Behelfsampeln lagern am Wiesenrand, Stromkästen, Kabel. Die Vermessungsleute haben mit grüner Kreide einen Kreis um die Kreuzung gezogen; man erkennt daran, welche Bürgersteige, Vorgärten, Wiesenstücke und Mäuerchen der Verkehrskreisel wegnehmen wird. Im Sommer soll er fertig sein. Bis dahin wird die Baustelle den Ortsverkehr in einem Maß behindern, das sich keiner vorzustellen wagt. Es heißt, da muß man durch. Ein Leserbrief verhöhnt das ganze Unternehmen: Säßen Profis in der Gemeinde, ginge die Sache in ein paar Wochen über die Bühne ... allerdings bei einer Arbeitszeit von morgens sechs bis abends zehn. Statt dessen finge man in den kürzesten Tagen im Winter an, bei Frost, genau dann, wenn nicht eine Baustelle anfängt. Lissy hat sich durchgesetzt. Die in der Luft schwebende Röhre senkt sich langsam zurück. Der Laster rangiert ein paar Meter weiter in die Einfahrt der alten Schule. Nicht viel Platz, aber wenn erst der Bagger da ist und anfängt, sind die Röhren bald wieder weg. Der Kunde kann um seinen Geländewagen herumkommen und folgt Lissy in den Laden nach.

Morgens gegen vier. Obschon weit hinter den Hügeln die Bahnlinie verläuft, bilde ich mir ein, nachts, kurz bevor es zu dämmern beginnt, das Pfeifen der Frühzüge zu hören. Die Erinnerung wirkt dabei mit: entfernte Jahre mit Wohnungen in der Nähe von Bahndämmen und Bahnhöfen, Hotelnächte, Ferienaufenthalte, das Zelt hinterm Schienengelände, nächtliche Fußmärsche zwischen Eisenbahnbrükken, Fahrradwege zur Frühschicht. Die Lokomotiven, die ich hörte, fahren nicht mehr; der Dampfgeruch, der sich über den Bahndämmen ausbreitete, ist für allezeit verweht. Indem sich meine Einbildung darüber hinwegsetzt, macht sie vergangenes Erleben spürbar, Erwartungen, Ängste und Erfahrungen, die im Pfeifen der Züge ihr Geräuschbild finden. Liege ich lange wach, bewegt es sich und läuft als Film, der abreißt, sobald die Einbildung ihre Impulse einstellt und die Nachtstille wieder auszuhalten ist.

Sauerland zum Beispiel. Jörn erzählt von einem Freund, der gelegentlich Wanderungen diesseits und jenseits des Rheintals unternimmt und darüber dann Reiseerzählungen schreibt. Die Wanderungen führen durch die Eifel bis nach Belgien hinein, über das Siebengebirge ins Bergische und weiter ins angrenzende Sauerland. Eine Fotografin begleitet ihn dabei, die auf ihre Weise in Bildern erzählt, was es unterwegs zu sehen gibt. Jörn zeigt ein Foto, das den Blick in die Straße einer Kleinstadt lenkt. Im Vordergrund sieht man einen Mann, wie er in die Straße hineingeht und sie dabei in Augenschein nimmt. Es ist eine Art Fußgängerzone, die, zwischen renovierten Altbauten und neu hingesetzten Geschäftshäusern, zahlreiche Passanten bevölkern. Sie gehen einzeln oder stehen in Gruppen beisammen. Der Mann, den man nur in seiner Rückenansicht sieht, scheint die Straße ebenso mit Staunen wie mit Vorbehalt zu betreten; seine Körperhaltung läßt vermuten, daß er sich entschieden hat, durch die Menschenmenge hindurchzugehen, aber noch nicht weiß, wie er sich verhalten soll. Stehenbleiben? Die Gesichter mustern? Die Straße hinauf- und hinunterblicken? Einen Laden betreten? Ein paar Worte anbringen? Seine Körperhaltung scheint zu sagen, daß er seinen Weg zwar kennt, aber sich wundert, daß er ihn geht. Es sieht aus, als würde er sich fragen: was suche ich hier? Bin ich sicher, daß es hier etwas zu finden, vielleicht wiederzufinden gibt? Jörn sagt, daß er in der Person des Mannes, der in die Straße hineingeht, den Freund erkannt hat. Dessen Erzählung hat ihm dann beigebracht, daß die Kleinstadt der Ort ist, in dem der Freund aufgewachsen ist, den er als junger Mensch verlassen und nach langer Abwesenheit zum ersten Mal wieder besucht hat.

Jörn weiß, wie es geht, wenn man die Orte der Kindheit wiedersieht. Er sagt, daß man nicht nach den Veränderungen, sondern nach dem Weiterleben, nach der Existenz des Vergangenen sucht. Es hat die Erinnerungen geprägt, auf eine Weise, daß die Erinnerungen um so deutlicher hervortreten, je mehr das Vergangene hinter den Veränderungen verschwindet. Mir geht es jedenfalls so, sagt Jörn, daß ich nach dem Wiedersehen rasch vergesse, was ich an Neuem, an Eingriffen, an Beseitigungen vorgefunden habe ... ich meine, vergessen habe ich es nicht, aber es kommt mir unwirklich vor gegenüber den Bildern, in denen mit einer überraschenden Art von Klarheit, von Gewißheit das Vergangene erscheint.

Heftiger Wind in der Nacht. Ein Schlagladen hat sich losgerissen und wummert gegen das Fachwerk. Es hört sich an, als verlange jemand nach Einlaß, zunehmend ungeduldig, Gewaltsames androhend. In den Pausen des Winds rauscht Regen herab. Wieder ist ein Kamerad aus der Abiturklasse gestorben. Vor wenigen Wochen hat er angerufen und um ein paar Zeilen für einen anderen Klassenkameraden gebeten, der im Sterben liegt. Tage später hat er angefragt, ob ich mit zur Beerdigung gehe. Jetzt scheint er mitteilen zu wollen, daß er wohl selber beerdigt werden muß, damit ich auf den Friedhof komme. Gegen Morgen läßt der Wind nach. Vereinzelte Böen, aber der Schlagladen hat sich festgeklemmt. In der Dämmerung hört auch der Regen auf. Graues Gewölk zieht tief über die Hügel; es wird lange nicht hell, und auf den Gartenschuppen hat sich der Apfelbaum gesenkt.

Geräuschgeschichte. Jörn kommt zur Küche herein und hört, wie auf dem Herd der Wasserkessel summt. Er hebt den Kessel hoch, und das Geräusch bricht ab. Jetzt werden für den Krieg die Sirenen ausprobiert ... das hat die Mutter gesagt, an einem Abend vor dem Krieg, als plötzlich die Sirenen jaulten. Der kleine Junge hörte sie zum ersten Mal, und er erwartete, daß aus dem Dunkel jetzt der Krieg herankommt. Draußen aber blieb es still, und drinnen in der Küche, sagt Jörn und setzt den Kessel wieder auf den Herd, war nur das Summen des Wasserkessels zu hören.

Zwischen den Dörfern. Hoch auf seinem Traktor sieht Nikkel, wie weit der Stau reicht, auf den er zugefahren ist, in dem er steht. Nicht lange, dann kurvt er von der Straße herunter und rollt, den Arm zum Winken erhoben, über den vereisten Acker in die Ferne davon.

Im Osten etwas Schnee. Abends erfährt man die Neuigkeiten vom Tage, aber wo fängt der Osten an. Umhergehend passiere ich den Nordrand des Wäldchens und treffe im Osten unserer Wiese ein, wo es knistert unter den Stiefeln, das gefrorene Laub. Hier geht es kälter zu als im Südwesten, von wo ich weggegangen bin, damals heute abend, das Lichtfeld der Hauslampe zurücklassend, die ich in der Ferne schimmern sehe, wie einen einzelnen Stern. Weit genug gegangen; die Uferwiesen der Oder sind nahe, im Dunkel Geschiebe, hört sich an nach Treibeis.

Interieur. Ein kurzes Flackern, bevor der Bildschirm schwarz wird. Täglich kommt ein neuer Kandidat zum Vorschein. Eine meterlange Papierfahne rollt ins Zimmer herein. An der Schwärze stimmt etwas nicht, und für die Schnittblumen ist es nicht kalt genug. Spät wird eine Fliege wach. Auf der Tischplatte schrumpft Toronto zusammen. Der Propeller, unsichtbar in seinem Gehäuse, beginnt sich zu drehen. Die tote Katze hat ihren Schatten dagelassen. Aus dem Radio kommt die Stimme der Eule. Der Nachthimmel liegt vor der Tür.

Durchzügler und Wintergast. Unten in den Seitentälern, wo sich in ausgedehnten Teichen das Gewässer der vielen kleinen Bachläufe staut, sind Vögel gelandet, die in unserer Gegend fremd sind. Wir kennen sie, die Kormorane, aus den Buchten der Ostseeküste; schwarze, gänsegroße Tiere, die unbewegt auf Buhnenpfählen, auf dem Gestänge der Fischreusen sitzen. Sie warten, hochgerichtet, die langen gelben Schnäbel zum Wasser geneigt, in das sie hinabschießen, wenn Beute sich zeigt. Die nassen Flügel aufgeschlagen, sitzen sie wieder und warten, bis plötzlich sie abheben und in raschem Flug flach über den Bodden ziehen. Wir haben auch Bäume an Seeufern kolonienweise von Kormoranen bevölkert gesehen, und so sitzen sie jetzt im Gehölz hier um die Teiche herum, die Fischteiche sind, deren Eigentümer die Gasthöfe in der Gegend mit Forellen versorgen. Für wie lange noch ... Einer der Forellenzüchter sieht sich schon ruiniert. In wenigen Tagen haben die Kormorane ihm die Teiche leergefischt. Es geht ihm nicht anders als den Ostseefischern, die tatenlos zu bleiben haben, denn der Kormoran, lange vom Aussterben bedroht, darf nicht gejagt werden. Da freuen sich die Vogelfreunde. Jetzt breitet sich der Kormoran auch zwischen den bergischen Hügeln aus. Aber was treibt ihn dahin, wo die Täler eng, die Gewässer schmal und die Fischteiche, geht es so weiter, bald leer sind? Wenn der Kormoran der schwarze Räuber ist, als der er gilt, wird er nicht auf ewig bleiben. Räuber siedeln nicht; sie kommen nicht, weil sie festen Wohnsitz suchen. Sie ziehen weiter, wenn keine Beute mehr zu holen ist. Im Dreißigjährigen Krieg, sagt die Heimatkunde, nachdem hier alles leergeplündert war, sind auch die Schweden, die Franzosen, die Russen weitergezogen. Dennoch, in den Reservaten um die nahe Talsperre herum hat der Kormoran zu brüten begonnen. Früher, heißt es in der Gegend, hat man in Vögeln Vorboten gesehen. Weil man hofft, daß natürliche Feinde auftreten, sind Kämpfe zu erwarten, Vertreibung, Flucht.

Die Schattenlage im Februar. Bewegt man sich talwärts, geht die Sonne schon vormittags unter; im Winter übersteigt sie die Wälder nicht mehr. Im Wind schwirrende Schatten geistern schmal und dürr über die Wiese, die Schatten der Kahlheit, von der Astwerk und Zweige gezeichnet sind. An hellsten Sommertagen bleiben dieselben Wiesenstücke im Dunkel des Blätterdachs, das tiefe Schattenräume bildet, weitreichende Schattenhöfe, die unmerklich wandern. Noch sehen wir nicht, welches Geäst sich nicht mehr belebt; wenn Äste tot sind, sie werfen weiter ihre Schatten.

Wie viele Nachbarn, die man nicht kennt, aber hat, stellt sich bei Beerdigungen heraus. Es sind große Beerdigungen, wenn der oder die Verstorbene schon lange in der Umgebung zu Hause, vielleicht sogar in einem der alten Höfe geboren und aufgewachsen ist. Bei aller Dominanz der Neuhinzugezogenen, man staunt, wer alles von den Alten, den Einheimischen in der Gemeinde noch lebt. Wie zum Beweis, daß sie nicht auch schon unter der Erde liegen, humpeln sie zum Friedhof hin. Aber wie zum Beweis auch, daß sie dazugehören, daß sie hier Ansässige, alles andere als Fremdgebliebene sind, fahren überraschend zahlreich neue Nachbarsleute vor. In die Kirche passen alle gar nicht hinein. Der Trauerzug zum Friedhof reicht bis zur Straße. Zum Reueessen, wie die Alten sagten, zu Kaffee und Kuchen laden die Angehörigen nur Verwandte und die engere Nachbarschaft, aber die Schöne Aussicht ist samt Kegelbahn und Sälchen proppenvoll. Noch sind die Mienen ernst, die Augen feucht, aber wer neben wen zu sitzen kommt, das macht die Blicke wach, das erzeugt viel Hallo und eifriges Gestikulieren.

Wegen der Kälte hat Wilhelm, der Wirt, ein Süppchen gekocht. Der riesige Wurstkessel ist schon leer, als immer noch Trauergäste eintreffen und nach einem Platz suchen. Weil die Aushilfsbedienung mit Brötchen und Aufschnitt nicht nachkommt, stöckeln ein paar schwarze Kleider zur Küche und fassen mit an. Wilhelm beginnt die ersten Biere zu zapfen; die Kornflasche kreist über dem Tablett voller Gläser. Erstes Gelächter kommt auf, bricht auch gleich, wie vor sich selbst erschrocken, wieder ab, aber das Schmerzhafte ist aus den Gesichtern längst gewichen; man hat sich, wer sich kennt, so lange nicht gesehen, daß vom Hund, der neuen Brille, vom nächsten Urlaub, von der bettlägerigen Tante, von Übergewicht und Schlaflosigkeit, vom Lehrermangel und Euroschwindel, von der Scheidung drei Häuser weiter, vom Knie und den Nierensteinen, vom Wetter auf Teneriffa, vom Hund nochmal, vom vorigen Urlaub, von Regen, Regen, Regen ein ganzes Romänchen, wenn man nur Zeit dafür hätte, zu erzählen ist. Die ersten Trauergäste kommen am Tisch der Angehörigen sich verabschieden. Da sitzen nur noch, mit ein paar Enkeln, die Witwe oder der Witwer; die anderen sind von Tisch zu Tisch gezogen und dann irgendwo hängengeblieben. Aufschluchzend kurze Umarmung, vor der Tür ein Lächeln, ein Hallo zur Theke hin. Dort stehen schon die, die immer dort stehen, aber auch einige Neuzugänge sind, mit einem Jägermeister, dabei; aha, da sieht man also Nachbarn, von denen man nur weiß, daß man sie nicht kennt, aber jetzt ist sicher, beim nächsten Mal, da kennt man sich.

Die Gewässer, die früher die Seitentäler ausfüllten, gehörten für längere Zeit zum atlantischen Weltmeer. Inzwischen sind sie abgeflossen. Übriggeblieben sind die vielen kleinen Bäche, die sich Tag für Tag beeilen, das Land zu verlassen.

Ihr Ziel ist das Ziel aller Flußläufe, das ferne Meer, in dem es nichts Enges, Verqueres, Hinderliches gibt, wo man im ewigen, sich selbst gehörenden Gewoge aufgehen kann. Aber die kleinen Bäche schaffen es nicht von allein. Sie drohen in der Ebene zu verlaufen, zu versickern. Nur ein größerer Flußlauf kann sie retten, kann sie mitnehmen, obschon sie dabei sich selbst verlieren. Sie werden vereinnahmt und haben ihre Namen nicht mehr.

Schöne Aussicht. In Reichweite auf dem Tisch liegt ein Skizzenblock, der aus dem Nachlaß eines im Krieg verschollenen Malers stammt. Rasche Entwürfe von Landschaften, Köpfen, Interieurs füllen die gelben, von einer Drahtspirale zusammengehaltenen Blätter. Die eine oder andere Seite hat der Maler für Notizen, für das Aufschreiben von Namen, Adressen, Telefonnummern benutzt. Darunter findet sich die Eintragung *Schöne Aussicht*, und das ist auch der Name eines in der Nähe gelegenen Lokals, in das ich abends manchmal ein Bier trinken gehe.

Vor langer Zeit, als ich zum ersten Mal in die Schöne Aussicht kam, lag das Fachwerkgehöft an einem Seitenweg der Höhenstraße, inmitten von Obstwiesen und Feldern, die zu der Landwirtschaft der alten Fuhrmannskneipe gehörten. Längst ist das Land bebaut und von einem Straßennetz durchzogen; das einst abseits liegende Gehöft umgibt eine Siedlung aus Reihenhäusern und Bungalows von der aufwendigsten Sorte. Nicht alle Gäste kommen aus der Siedlung; der Ruf der Kneipe, die *etwas Besonderes hat*, wie alle sagen, ist über die Gemeindegrenzen bis in die Vororte der umliegenden Städte gedrungen. Wilhelm, der Pächter, ist der Typ von Wirt, bei dem man sich bald als Stammgast und Freund fühlen kann. Er stellt einem das Bier hin, ohne daß man's bestellt hat. Leute, die er nicht mag, läßt er eine Ewigkeit warten, und die kommen dann auch nicht wieder. Einige Gäste nennen ihn Guillaume.

Mitte der dreißiger Jahre hat sich der Maler einmal in der Gegend aufgehalten, vielleicht auch öfter. Ich weiß es von einer Zeichnung, die aus seinem durch einen Bombenangriff zerstörten Nachlaß übriggeblieben ist. Sie hängt in der Küche an der Wand und zeigt den Blick hinab von den Hügeln auf unser Dorf. Die Lokalzeitung hatte sie auf der Wanderseite als Illustration veröffentlicht. In meiner Vorstellung geht nun ein junger Mann durch die Gegend, ausgestattet mit Malgerät, versehen mit einem Auftrag, der ihn ein paar Mark verdienen läßt. Die Stelle, die seinem Malerblick die richtige Sicht hinab aufs dörfliche Motiv bot, läßt sich nicht wiederfinden; dort steht jetzt ein Waldstück. Nachvollziehen läßt sich aber, daß er nach getaner Arbeit den Feldweg hügelaufwärts weitergezogen und nach ein paar hundert Metern auf ein einsam zwischen Feldern und Obstwiesen liegendes Fachwerkgehöft gestoßen ist. Angelockt vom Wirtshausschild, mag er sich draußen an einem der Gartentische niedergelassen oder die niedrige Gaststube betreten und dem herantretenden Fräulein seine Bestellung aufgegeben haben, ein frisches Helles, vielleicht Bratkartoffeln mit einer Frikadelle dazu. In seinem Skizzenblock, denke ich, hat er dann den Namen Schöne Aussicht notiert.

Wilhelm brauche ich erst gar nicht zu fragen. Aber da kommt Anni die Treppe heruntergewuchtet und läßt sich auf einen Barhocker fallen. Anni ist die Eigentümerin; vor Jahren hat sie noch selber hinter dem Tresen gestanden. Geboren im Haus, ist sie mit Landwirtschaft und Kneipe großgeworden. Anni kennt jede Seele in der Gemeinde und hat eine Menge zu erzählen. Aber die Geschichte mit dem Maler, da beginnt sie zu grübeln, und dann weiß sie es nicht. Sie weiß, wer alles mit dem Fuhrwerk vorbeigekommen ist, die Pferde getränkt und selber einen zu sich genommen hat. Sie sieht noch leibhaftig alle die Landser vor sich, die im Gehöft gelegen und schon mal versucht haben, mit der Wirtstochter anzubandeln. Eimerweise hat sie den Flaksoldaten das Fallobst geschenkt, als hier oben in den Wiesen die Flakstellung lag. Und in den Nächten hat sie auf dem Hof gestanden und die Stadt brennen sehen; damals hatte die Schöne Aussicht ja wirklich noch die schönste Aussicht aufs Siebengebirge, bis zur Eifel hinüber, auf die ganze Rheinebene unten, und mittendrin der Kölner Dom. Aber ein Maler mit Malzeug und Skizzenblock, dreißiger Jahre, da war sie ja noch so ein junges Ding. Anni läßt sich von Wilhelm einen gemischten Salat anrichten und trinkt eine Limo; der Arzt meint, das sei besser für sie.

Der Skizzenblock des Malers beschäftigt mich schon längere Zeit. Ich versuche Gesichter zu identifizieren und herauszufinden, wo er seine Motive, diese Gegenden und Häuser, entdeckt haben könnte. Was verbindet sich an Begegnung und Bekanntschaft mit all den Namen, Straßenangaben, Telefonnummern. Der Skizzenblock ist ein Buch der Spuren, die lauter Fragen und Rätsel hinterlassen. Sie verlaufen in Nähe der eigenen Kindheit, aber der kleine Neffe des Malers, was immer er in diesen Jahren mitbekommen hat, im Gedächtnis findet der Erwachsene nur Vages, Ungewisses wieder. Ein quälender Vorgang, und es gelingt mir nicht, einfach damit aufzuhören. Nie weiß ein Kind, was es zu seiner Kinderzeit alles versäumt. Daß in der Kindheit die Geschichte der Versäumnisse anfängt. Mit der Recherche in der Schönen Aussicht habe ich mir nur etwas vorgemacht. Es gibt viele Lokale, die so heißen. Und vor der Adresse steht ein weiblicher Name, der nicht Annis Name ist.

Alles wieder gutgegangen. Die Leute in der Ebene, die am Flußufer wohnen, bleiben nachts auf. Der Wetterdienst hat alles vorhergesagt, aber die Flut kommt jetzt wirklich. Und das isländische Sturmtief, ein paar Pfeile auf der Wetterkarte, ist sichtbar und hörbar geworden. Die grauen Wolkenmassen, zu Fetzen zerrissen, jagen und fliehen in panischer Gleichzeitigkeit durch den Himmel. Stöhnend schlägt um sich das Gezweig der Büsche und Bäume. Hoch in den Wipfeln liegt drohendes Raunen. Mit eingezogenem Kopf taste ich mich ums Haus. In kurzer Folge kommt das Jaulen der Sirenen, das Lärmen der Feuerwehr. Die Nacht holt aus der Tiefe des Vergessens das Fürchten zurück. Sie macht ein Geräusch, das sagt: Ich bringe dir Schrecken. Nichts ist verziehen. Alle Schuld falle dir ein.

Ortsgeschichte. Gelegentlich tauchen bei Anni alte Schulfreundinnen auf. Von weither angereist, sitzen sie dann beisammen und frischen die blaß gewordenen Erinnerungen auf. Eine hat das Kriegsende nicht vergessen, wie die Amerikaner alle die Schuljungens umgelegt haben, fünfundzwanzig sollen es gewesen sein, die reinsten Kinder noch. Ich will das genauer wissen, und langsam stellt sich heraus, daß die Schuljungens Hitlerjungen waren, die der Kreisleiter in den Volkssturm gesteckt und angefeuert hatte, das Dorf zu verteidigen, zusammen mit einem Zug Fallschirmjäger. Die Jungens waren mit Panzerfäusten und Maschinengewehren bewaffnet, und nach den ersten Gefechten waren die Verluste bei den Amerikanern so enorm, daß sie sich zurückzogen. Beim nächsten Angriff brachen sie allen Widerstand. Wieder hohe Verluste, auf beiden Seiten; unter den Gefallenen lagen auch die fünfundzwanzig Jungens.

Das ganze Feld. Jörn erzählt, wie er vor einem Bild steht und nicht bemerkt, daß sich in der unteren Hälfte des Bildes, einer Fotografie, ein Fehler befindet. Das Bild zeigt ein grünes Salatfeld; der Fehler, kaum sichtbar, ist bei der Vergrößerung entstanden, und danach haben einige Salatköpfe ein helleres Grün. Der Fotograf räumt ein, daß der Fehler nicht wie ein Fehler, sondern eher wie eine Abweichung der Natur aussieht. Aber er könne nicht zulassen, daß in seiner Arbeit die Natur nachträglich mit Änderungswünschen komme. Er habe sie bei der Aufnahme gewissermaßen beim Wort genommen und ihre pure Monochromie dargestellt, dieses gleichmäßige Grün, das einen jeden Salatkopf kennzeichnet, auf dem ganzen Feld.

Im Traum ging eine Erzählung weiter, die in einem früheren Traum angefangen, dessen Verlauf ich aber vergessen hatte, weshalb sich auch der Anfang der Erzählung nicht wiederfinden ließ. An der Fortsetzung des Geschehens nahm ich teil wie ein Zuschauer, der sich so spät in einen Fernsehfilm eingeschaltet hatte, daß er der Handlung zwar folgen, aber nicht mehr zurückverfolgen konnte, was zuvor passiert und wie es dazu gekommen war.

Aufwachend versuchte ich, das Gesicht einer Frau festzuhalten, die im Traum aufgetreten war. Das Gesicht entschwand, aber indem es entschwand, brachte es das Gesicht eines Mädchens zum Vorschein, das ich in der Kindheit gekannt und fast vergessen hatte. Jetzt sehe ich es wieder genau vor mir, wie nach einer wirklichen Begegnung. Es kommt selten vor, daß der Wirrwarr eines Traums etwas Reales hervorbringt, das sich der Erinnerung bislang entzogen hat.

Noch eine Runde. Kopfschütteln am Tresen, als Ruschke sich breitmacht und fragt, ob denn keiner in der Runde eine trockene Räumlichkeit übrig hat, sechs mal zwölf, Garage oder Stück Scheune. Wofür? Für sein Lattenholz, feinste Ware, günstig erstanden, muß aber trocken lagern. Nickel bietet ihm eine Lastwagenplane an. Ruschke hebt die Hände hoch. Bloß keine Plane mehr, der letzte Sturm hat ihm die Plane hochgerissen, er hat drangehangen, Plane hat ihn mitgeschleift, Plane hat ihn mitgezogen, hinauf aufs Dach, hinaus ins Land, weit weg über die Hügel. Hat ihn denn keiner fliegen sehen? Hat ihn denn keiner vermißt? Aber klar doch, jeder am Tresen hat Ruschke vermißt.

Recht hohe Amplituden. Die Erde klebt noch, hängt zwischen den Zinken des Rechens fest. Die Maulwurfshügel müssen planiert werden; eine riesige Kolonie ist im Winter entstanden, zwischen den Wäldern der Schneeglöckchen. Wir werden unruhig, aber es ist zu früh, die Geräte aus dem Schuppen zu holen. Der Maulwurf weiß, daß ihm für eine Weile noch die Wiese gehört; der Nachtfrost läßt nur eine dünne Reifschicht auf den Gräsern liegen. Stellt man in der Mittagssonne den Liegestuhl auf, bekommt man gleich die Bodenkälte zu spüren. Nichts rührt sich im Boden, aber hat man einmal weggeschaut, zeigen sich schon die Köpfe der Krokusse. Abgeknickt vom Sturm liegt unter den Birken viel dünnes Gezweig. Wir lassen es liegen. Die Rabenvögel sind im Anflug. Sie warten und sichern, dann zerren sie das Reisig auseinander und fliegen, mit Zweigen quer im Schnabel, ab zum Nestbau.

Ortsgeschichte. Der Morgen war plötzlich kein Morgen mehr wie gewohnt, als der Dorfladen, den Herr Sander schon in aller Frühe öffnet, geschlossen blieb. Kein Hinweis an der

Tür. Im Laden kein Licht. Der Eingang abgesperrt mit rotweißen Banderolen. Durchs Schaufenster konnte man im Inneren, hinter den Postschließfächern, zwei Männer erkennen, die auf dem Fußboden etwas zu suchen schienen.

Die ersten Kunden, die vorfuhren, haben es um diese Zeit eilig; sie schüttelten den Kopf und fuhren gleich weiter. Die Leute mit mehr Zeit, die Rentner und die alten Frauen, blieben eine Weile stehen und sahen einander fragend an. Wer wegen anderer Besorgungen weiterging, kam bald wieder. Kleine Gruppen bildeten sich; die beiden Männer im Laden waren durch den Hinterausgang verschwunden und, ehe man sie fragen konnte, mit einem Golf davongefahren.

Gegen Mittag wußte man im Brotladen halbwegs Bescheid. Bei Riele Menrath war ein Kunde aus der Stadt zurückgekommen, der hatte im Dunkeln kurz vor fünf Polizei und Krankenwagen vor dem Geschäft stehen sehen. Er war ausgestiegen und hatte die Polizisten gefragt, was denn passiert sei. Den Nachmittag lang gingen verschiedene Versionen durchs Dorf. Abends war soviel klar: Herr Sander war überfallen, niedergeschlagen und ausgeraubt worden. Aber er lebt, und jetzt lag er im Krankenhaus.

Am nächsten Morgen, erst um neun, war der Laden wieder geöffnet. Frau Bach tat so, als bediente sie wie immer; sie suchte aber länger nach den verlangten Artikeln und vergriff sich, als es um eine vertraute Zigarettenmarke ging. Frau Sander, die den Postdienst verrichtete, kam aus der Endlosschleife ihres Berichts nicht hinaus, ja, ihr Mann war schon früh um vier ins Geschäft gefahren, beunruhigt wegen der zwei Typen, die er tags zuvor draußen den Laden hatte mustern sehen; beim Aufschließen waren dann zwei Maskierte hinter ihm aufgetaucht, hatten ihren Mann in den Laden gedrängt und zusammengeschlagen; aus der

Ohnmacht aufgewacht, hatte er sich dann zum Notruf geschleppt und war dort liegengeblieben, bis endlich Polizei und Krankenwagen ...

Ein paar Tage später, wie immer um fünf in der Frühe, stand Herr Sander wieder im Laden. Er sah schlimm zugerichtet aus. Als sei nichts geschehen, verteilte er die Post in den Schließfächern, nahm die Lottoscheine und die Hosen zum Reinigen an, kramte nach Glückwunschkarten und einem Radiergummi, suchte den passenden Teddybär aus und reklamierte am Handy den bestellten Reiseführer. Er gab nur das Nötigste von sich; er schien bewegt, wenn Kunden ihm ihr Mitgefühl aussprachen; einige brachten Blumen mit, einige äußerten Entsetzen, Abscheu, Empörung; der Ruf nach härteren Gesetzen. Herr Sander blieb still und blickte zur Seite, wenn hereintretende Kunden sich vor seinem blutunterlaufenen Gesicht erschreckten; manche, die nicht wußten, was passiert war, hatten gleich einen Witz parat, und so etwas wie ein Lächeln verzog seine blauen Lippen, als ein Kunde mit dem Postsparbuch kam: sind denn noch ein paar Scheine da?

Tagelanges Ortsgespräch. Was in den Zeitungen, die Herr Sander verkaufte, fast täglich zu lesen war über zunehmende kriminelle Tätigkeit, gerade auch in der Umgebung, jetzt hatte es mitten im Dorf eingeschlagen. Es wirkte wie ein Attentat auf alle, und in der Tankstelle, im Einkaufsmarkt, in der Sparkasse war es ebenso klar wie im Blumengeschäft, im Frisiersalon, im Brotladen, hier hätte es genausogut passieren können. Sicher war ja heutzutage keiner mehr, das sagte jeder, aber jeder meinte doch auch, von der täglichen Bedrohung ausgenommen zu sein. Nur, was sollte man tun? Da sprach keiner aus, was die meisten dachten ... Wir sind ja alle hier friedliche Leute, sagte einer mit Hund an der Leine, jedoch sein folgendes Schweigen klang nicht so. Die Aufregung flachte dann ab. Aber für eine Weile noch schlossen wir Türen zu, die sonst immer offenstanden.

Der Häher hat herausgefunden, wie sich der Meisenknödel, an dem er sich nicht festkrallen kann, hoch auf den Ast ziehen läßt, auf dem er sitzt. Ich denke, das technische Meisterstück hat ihm kein Vorgänger beigebracht; zunächst hat er immer nur feststellen müssen, daß er nicht die Fähigkeiten von Meise und Specht hat. Der Specht zum Beispiel kann rücklings unter der Kugel hängen; die kleine Meise hüpft sogar um die ganze Kugel herum. Der Häher auf dem Ast, mit seinem schiefgelegten Kopf hat er ausgesehen, als denke er regelrecht nach. Dann ist er ganz einfach vorgegangen. Mit seinem Schnabel hat er die Schnur Stück um Stück hochgezogen und und mit seinen Zehen festgehalten, bis die Kugel, abgestützt von einem Zweig, vor ihm auf dem Ast lag. Dann ist er auf den Birnbaum hochgeflogen, wie um sein Werk von ferne zu betrachten und zu testen, ob der Knödel stabil liegenbleibt. Danach ist er eine Ewigkeit auf seinem Beutestück hocken geblieben, hat sich auch von den heranschwirrenden Elstern nicht beirren lassen. Bloß, nach seinem Abflug, hat der Specht alles wieder zunichte gemacht. Als ich wieder hinsah, hing unter dem schaukelnden Knödel der Specht.

Samstagvormittag. Vor der Haustür steht die alte Hausiererin. Sie kommt alle paar Monate in den Hof geschlurft, im Selbstgespräch murmelnd, gebeugt unter der riesigen Hängetasche, die sie mit einem Seufzer vor die Tür postiert. Nichts, wir brauchen nichts, aber so schnell läßt sie sich nicht abwimmeln. Letztes Mal hätten wir doch die warmen Socken gekauft, und warme Socken braucht man immer aufs neue. Und davor das Mal hätten wir nach einer gehäkelten

Tischdecke gefragt. Hatten wir nach einer gehäkelten Tischdecke gefragt? Die Alte faltet eine eigelbe Tischdecke auseinander; karierte und geblümte Muster hat sie aber auch. Allen möglichen Textilkram holt sie aus den Tiefen der Tasche hervor, Handtücher, Küchenschürzen, Wischlappen, Taschentücher, Pullover, Kissenbezüge, Geschirrtücher. Um sie loszuwerden, nehmen wir ihr ein Geschirrtuch ab. Sie nötigt uns einen Dreiersatz auf, für *halbes Preis*, der immer noch höher liegt als in jedem Geschäft. Falls ein Geschäft den Ramsch noch führt. Was sie anzubieten hat, befindet sich außerhalb aller Mode; es hat nicht einmal den Charme des Altmodischen. Die Hausiererin scheint über einen Textilbestand zu verfügen, der, aus allen Zeiten herausgefallen, ewig währt. Sie kommt auch schon so lange, zwischendurch ein paar Jahre nicht, dann steht sie wieder da, und wir kaufen ihr einen Stoß Wollsocken ab. Sie hat nie jünger ausgesehen, älter scheint sie auch nicht zu werden; mitten im Sommer reibt sie sich vor Kälte die Hände, im Winter keucht sie unter der Hitze. Freundlich schaut die Alte einen nicht an; man könnte sie eher fürchten, so böse gehen ihre Kohleaugen. Sie knurrt, sie murmelt, je nachdem, was sie aus der Tasche holt. Wüßten wir nicht, daß hinter der Wegbiegung ein schwerer Mercedes auf sie wartet, könnte man vermuten, daß sie mit einem hochbeladenen Handkarren durch die Lande zieht, unterwegs von weit her, Talschlucht im Riesengebirge, Karpaten, Hohe Tatra. Früher gab es Häuser mit Messingschildern an der Tür: Betteln und Hausieren verboten. Kindern, die nicht folgsam waren, drohte man mit fahrendem Volk, das alte Frauen mit großen Taschen in die Häuser schickt, wo sie nach kleinen Kindern fragen.

In der Dämmerung, am Fenster der Bodenkammer stehend, sehe ich die Rücklichter der Autos, die sich durch die Serpentinen der Höhenstraße talabwärts bewegen. Ein Wagen folgt auf den anderen, der Konvoi hört gar nicht auf. In der Gegenrichtung kommt kein einziger Scheinwerfer die Straße hoch. Was ist los? Will keiner mehr nach Hause? Rücklichter, Rücklichter, Bremslichter vor den Kurven. Offenbar will jeder weg. Dann wird es trostlos in den Siedlungen werden; verlassene Reihenhäuser, die Bungalows leer.

Gegend mit Spuren. Noch ist kalte Jahreszeit, und Jörn, der sagt, im Sommer würde ich das Auto nehmen, sitzt acht Stunden im Zug, um nach Binz auf Rügen zu kommen. Die meiste Zeit, sagt er am Telefon, geht ja im Mecklenburgischen drauf; da rumpelt man noch von einer Schwelle zur anderen, und dieser ewige Wind scheint den Zug auch immer anhalten zu wollen. Aber dafür zieht die Landschaft schön langsam am Fenster vorbei; jedes Ortsschild kann man lesen; jede Latte in der Zaunreihe läßt sich zählen, und in aller Ruhe kann man vergleichen: die ziehenden Wolken mit ihrem Spiegelbild im Wellengekräusel der überschwemmten Äcker. Da denke ich mit Schaudern an die Höchstgeschwindigkeiten zwischen Mannheim, Karlsruhe, Stuttgart, total besinnungsloser Rush, und völlig entgeistert sitze ich zwischen Wolfsburg und Berlin, Raketenfahrt nur zwischen Schallschutzwänden, selbst die alten ziegelroten Bahnhofsbauten stehen zugesperrt und unzugänglich …

Wollte ich doch einmal vom Schaffner wissen: warum nicht mehr über Magdeburg? Mildes Lächeln. Wer will denn hier nach Magdeburg? Ich sagte, Sachsen-Anhalt. Der Schaffner lächelte weiter. Da fährt der Interregio hin … hier will jeder nur in die Hauptstadt, nach Berlin, und dafür haben wir Milliarden in die neue Trasse investiert. Da wollte ich, sagt Jörn am Telefon, der jungen Dienstmütze was erzählen von Helmstedt und Marienborn und daß auf einem Hügel dort noch immer ein Wachturm steht, von der Beklemmung und dem gleichzeitigen Gefühl der Erleichterung, wenn es über die ehemalige Grenze und weiter durch eine Landschaft geht, die so viel von der Zeit des Geteiltseins, der Trennungen erzählt. Da gedachte ich zu erinnern an das Auftauchen der grauen Stadt an der Elbe, an beginnende Kiefernwälder und aufblitzende märkische Seen, an eine Grenzstation mit Namen Griebnitzsee und das Niemandsland dann bis Wannsee. Da saß ich für eine Weile in einem Zug, der einmal der Interzonenzug war, Transitstrecke, Paßkontrolle, das Zeitungsmaterial gehm Se mal her … aber der Herr vom ICE-Team hatte sein Getränketablett schon weiterbalanciert, bei solchen Geschwindigkeiten kommt Geschichte einfach nicht mit, die Lufthansa wird sich auch noch wundern, Landkarte auf den Knien, wo sind wir denn jetzt, dahinten am Horizont, das müßte Stendal sein …

Und was machst du da in Binz?

Ein paar Gestalten sind ja unterwegs, sagt Jörn am Telefon, aber die tasten sich ganz vorsichtig um die Hausecken herum. Unentwegte versuchen es auf der Strandpromenade, hangeln sich auch schon mal am Geländer der Seebrücke vor. Unten am Strand sind nur Kämpfernaturen auf den Beinen, aber nicht lange, dann sind sie schon auf der Flucht. Alle halten sich die Ohren zu, so einen Krach macht die Brandung. Und den Sturm hörst du noch, wenn du dich in die hinterste Restaurantecke verzogen hast. Die besseren Hotels sind ja alle geöffnet, jede Menge Räumlichkeiten frei, und wenn's dunkel wird, strahlt die ganze Bäderarchitektur im prächtigsten Glanz auf. Schon ein bißchen geisterhaft, wie alle die Fensterfronten aufs nachtschwarze Meer hinausleuchten, und nirgendwo ist ein Gesicht zu sehen. Im Winter bleibt so ein Badeort wie eine Kulisse stehen, welche die Akteure des Sommers zurückerwartet. Daß Leute hier leben, doch, es leben schon die Einwohner hier, auch wenn es aussieht, nur Personal sorgt für Instandhaltung und macht die Lichter an und aus.

Auf der Insel fühlt sich Jörn fast wie zu Hause ... jedenfalls, sagte er einmal, kann ich mir vorstellen, in einem Haus an der Küste zu leben. Seit über zehn Jahren kommt er jeden Sommer angereist. Er hatte ja als Kind zum ersten Mal hier das Meer gesehen, mitten im Krieg, dessen Fronten noch weit weg, in unwirklicher Ferne, auf den Landkarten verliefen. Ferien an der Ostsee, Sommer auf Rügen, das war eine unvorstellbare, aber doch wirkliche Erfahrung gewesen, die dem Jungen wie die Flucht in einen Tagtraum vorgekommen war. Selbst die Erwachsenen im Luftschutzbunker, wenn sie während eines Fliegeralarms von Seebädern, Kreidefelsen, Cap Arkona schwärmten, kannten die Paradiese nur von Ansichtskarten, die feine Leute aus Berlin vor dem Krieg ins Rheinische geschrieben hatten. Seitdem war so etwas wie ein Sog geblieben. In den Jahrzehnten dann hatte sich der Tagtraum verflüchtigt, mit dem Schwinden der Hoffnung, die Gegend jemals wiederzusehen. Aber gleich spürte er Seeluft und roch er die Kiefernwälder der Küste, sobald Jörn in seinem alten Schulatlas die mecklenburgische, die pommersche Seite aufschlug und die magischen Namen buchstabierte, Greifswald, Stralsund, Putbus, Bergen, Saßnitz, Binz. Verlorenes Kinderland, rein weggenommen kam es ihm vor ... Aber mit dem Wunder der Einheit, wie Jörn sagte, leuchteten die alten Bilder wieder auf – nur, es waren wirklich alte Bilder, rissige, verblaßte, und oft stand die Erinnerung im Leeren da. Nein, sagte Jörn, da war an verlorener Zeit nichts zurückzuholen, und was ich zu vergegenwärtigen glaubte, vielleicht waren es entschwundene Imaginationen. Der alte Mann jetzt, der ich bin, fängt quasi wieder von vorn an, und wenn er sich dabei zurückversetzt in den kleinen Ferienjungen und nach alten Spuren sucht, entdeckt er, entdeckt er erst die ganze Gegend, sieht er das Nochniegesehene, trifft er auf Spuren, die er wahrlich nicht erwartet hat.

Prora zum Beispiel, nicht wahr ... aber Jörn hatte sich vom Telefon getrennt. Schon oft hatte er von diesem Bauwerk erzählt, nicht losgelassen hatte ihn das steinerne Phantom, in dem die Volksgenossen des Dritten Reiches Kraft durch Freude finden sollten im schönsten Dünengelände der Insel. Statt dessen waren die Genossen der Nationalen Volksarmee eingerückt, und wo die Erbauer die Ferienlandschaft eines KdF-Seebades zu organisieren dachten, breitete sich für Jahrzehnte geheimgehaltenes militärisches Sperrgebiet aus. Vollendet wurden die vier Kilometer Gebäudetrakt nie; die versuchte Sprengung des Nordflügels gelang auch nicht; die ganze Anlage befindet sich heute in einem gespensterhaften Zustand. Jörn schreibt, es ist schon makaber, wie dieser architektonische Ausdruck von Leere nicht aufhört, einen zu faszinieren. Dabei ist hier jede Menge los, ein Gewusel von Touristen, dieses Ausstellungs- und Imbißbudengewerbe, dieses Galerien- und Museumsgebastel, diese Hotel- und Jugendherbergsprovisorien, alle die Parkplatzwüsteneien, das Discogedröhn, alles im Sommer jedenfalls. Und zum Strand hin wächst der schönste Kiefernwald hoch, riesiges Dünengelände, der Sand wird vom wehenden Wind ständig hin und her dirigiert; dazwischen tauchen dann die verrosteten Rohrleitungen auf, überwachsene Fundamente, leere Steinbaracken, Betonskelette, ausgehöhlte Raumfluchten, Schrottgefilde, eine ganze Armada jahrzehntealter Ruinen, in denen langsam der Dschungel hochgewachsen ist, mächtiges Dornzeug, und zwischen den Unterholzverhauen das Paradies der Nachtkerzen, Natternköpfe, Königskerzen. Ein Projekt erst des Wahns, dann der fortschreitenden Wildnis. Totales Niemandsland im Winter jetzt. Der Himmel hängt bis in die Wälder hinein. Leere Pisten, Wind heult durch die Treppenhäuser, Fensterflügel klappen auf und zu, Geraschel abgerissener Plakate, nicht mal ein Seevogel läßt sich blicken. Aber dann stehen ein paar Kombiwagen im Hof eines Gebäudes, das ein bißchen hergerichtet und benutzt aussieht; in den kahlen, weißgetünchten Hallen haben ein paar ortskundige Berliner, die sich mit dem Zustand der Anlage nicht abfinden wollen, einen Raum für Dokumentationen eingerichtet, und da kann man nun die Orts- und Zeitgeschichte studieren; da ist man hingekommen, um nachzudenken über Ort und Zeit und welche Zukunft all das hat.

Und welche Zukunft hat das alles?

Das weiß ja keiner. Jörn schreibt, daß es nach über einem Jahrzehnt keiner weiß. Jetzt sind hingekommen einige Dutzend Leute aus Gemeinde, Kreis, Land; der Denkmalschutz und die Bundesvermögensverwaltung sind da; das Kulturministerium in Schwerin hat am Telefon allerdings gleich gesagt, für Prora sind wir nicht zuständig, das wird alles auf Bundesebene verwaltet, aber Projektvorschläge hören wir uns gerne an; Architekten sind angereist mit ihren Computersimulationen, Kunstprofessoren, Publizisten, Landschaftsästheten; kurz vor Schluß taucht auch die örtliche Presse auf. Bald war klar, daß es konkurrierende Interessen und Initiativen gibt, auch wenn man sich einig ist: für Robert Leys KdF-Utopien, die im Massentourismus ja alle aufgegangen sind, keine Chance hier, reinster Horror, Hotelkasernen für zwanzigtausend Urlauber, da geht die Insel dran kaputt. Natürlich sind da schon ganz lüsterne Investoren gekommen, und der Bund, der für den Unterhalt jährlich Millionen hineinsteckt, hätte das Monstrum am liebsten auf einen Schlag vom Hals; es gibt ja auch für Umbau, Ausbau, Weiterbau die kühnsten Architekten-Entwürfe. Aber da macht der Denkmalschutz nicht mit, und die Dokumentarleute mobilisieren alles an historischem Bewußtsein, um das politische Erkenntnispotential, den Gedächtniswert der Anlage zu bewahren. Die Interessen der Inselvertreter gehen freilich in Richtung Nutzungsmöglichkeiten, man denke nur an die zigtausend Touristen, die sommers da angerollt kommen und so etwas wie einen gruseligen Freizeitpark erwarten; das Wort Mischnutzung findet Beifall in der Runde, also Museen, kleine Hotels, Galerien, Werkstätten, aber das probiert man doch alles schon, da müßte mal ein Gesamtkonzept auf den Tisch; die Idee einer Medienakademie flackert auf, und die Gemeinde will Arbeitsplätze heranschaffen, und die Bewohner der alten Arbeitsdienst-Häuschen wollen ihre Ruhe haben. Die Runde sieht Perspektiven und setzt gedankliche Akzente. Hier muß ideenmäßig weiter dran gearbeitet werden. Der Bund sieht finanzielle Grenzen. Die Landrätin muß zum nächsten Termin. In den Pausen Kaffee, mittags heiße Würstchen. Jörn schreibt, ich weiß nicht, was ich sagen soll, und was ich sagen könnte, kann ich nicht sagen: daß man die Zeit vergehen und die Natur zurückkommen lassen soll, die Wälder mit dem Unterholz, die Dünen mit dem Sand, das Meer mit seinen Wellen. Weltfremd stehe ich am Strand, und es ist eine Täuschung, wenn man landeinwärts, über den Kiefern, nichts als Himmel sieht.

II

Die beiden Jungens, die auf einem Bein den steilen Felspfad heruntergehüpft kommen, haben jeder nur einen Turnschuh am Fuß; der eine am linken, der andere am rechten. In der Bucht schwimmen sie nebeneinander her. Wenn sie tauchen, bleiben sie für eine Weile verschwunden. Danach hüpfen sie den zickzackförmigen Pfad wieder hinauf; sie haben die Schuhe gewechselt; jetzt hüpft der eine auf dem rechten, der andere auf dem linken Fuß.

Die Bucht von Kapsali umschließt ein Ensemble von Felsvorsprüngen, Landzungen und Halbinseln, die, ins Meer hinausragend, ihrerseits kleine Buchten bilden. An den Ufern ziehen sich die weißen würfelförmigen Bauten des Ortes entlang, ein paar Dutzend Häuser, von denen einige leerstehen oder zerfallen sind. Nur wenige Fischer leben hier noch von ihrem mageren Gewerbe; einige Bewohner bieten Quartiere für Touristen an, denen auch die Hotelanlagen offenstehen, die sich über das höher gelegene Plateau, zwischen Felswänden und Pinienwäldern verstreuen. Einige der Hotels befinden sich im Zustand einer Baustelle, auf der selten oder nie gearbeitet wird; solange die Moniereisen aus fertiggestellten Stockwerken hochragen, bleibt der Bau von Steuern frei. Grünes Terrain, das langsam ins Gebirge hochwächst, umgibt den Rücken des Ortes; das Meer liegt flach davor in den beiden Buchten, die eine felsige Landzunge trennt. In der kleineren Bucht dümpeln die Fischerboote; in der größeren wartet eine breite Mole auf Segelyachten und Barkassen, die für einen Nachmittag die Passagiere von den Kreuzfahrtschiffen draußen im Meer an Land holen. Jörn schreibt, da kann man aber wochenlang drauf warten.

Die kleine Propellermaschine, die einmal am Tag zwischen Athen und der Insel hin- und herfliegt, meistens fliegt sie verspätet und nur halbbesetzt mit Einheimischen, Besuchern vom Festland, Touristen. Der Flugplatz liegt auf einer mit Steingeröll bedeckten und von Zwergginster überwucherten Hochebene; nimmt die Windstärke zu, fliegt die Maschine gar nicht. Es ist ein langer Weg zum neuen Empfangsgebäude; der ständige heiße Wind fegt Staub über die Piste, und der Steinblock steht mit seinen gläsernen Fassaden da wie eine konkret gewordene Simulation. In der Halle warten die Angehörigen, einige Freunde, ein paar Taxifahrer; es sind mehr Leute, als dem Flugzeug entstiegen sind; in den alten, verwitterten Gesichtern leuchtet die Wiedersehensfreude. Die Begrüßungsrituale dauern, bis das Gepäckband zu rotieren beginnt; es läuft nicht lange und bringt am Ende ein paar Zeitungspakete mit. Am Tag, als Jörn eingetroffen ist, geht Gewitterregen über die Hochebene, und Panayotis wundert sich, daß die Maschine in Athen überhaupt gestartet ist. Er steht hinter seinem Schalter und vermietet kleine Autos an Touristen. Für den Passagier aus Germania hat er einen alten Suzuki reserviert; er wartet alleine draußen auf der riesigen Parkplatzfläche, ein weißer Jeep vor dem Hintergrund des schwarzen Horizonts.

Die Straße windet sich durch flaches Felsgelände und die gelbgrüne Flut des Ginstergesträuchs, das über die Ränder, den Asphalt hinwegwuchert und die schmale Fahrspur mehr noch verengt. In Talmulden tauchen Olivenbäume auf; dazwischen bröckelt das Gemäuer verlassener Gebäude. Eidechsen verharren einen Moment, ehe sie über die Fahrbahn huschen. In der Ferne reihen sich kulissenhaft Gebirgsketten; wo sie abreißen, erscheint tief eingeschnitten eine Bucht, das Meer. Von weitem schon sind die Dörfer zu sehen, durch die sich die Straße dann schlängelt; Regenbäche sprudeln die Gassentreppen herab auf die Plätze, die der Jeep, eine Bugwelle vor sich herschiebend, passiert.

Haarnadelhaft krümmt sich die Straße hinab nach Kapsali, tief im Süden der Insel. Der Auslauf der letzten Serpentine führt über eine Schlucht, eine schmale Brücke, hinter der ein Schotterweg abzweigt; rechter Hand klettert Gestein zu einer Kirche hoch, linker Hand fällt schroff der Abhang ins Meer. Der Weg zieht eine lange Kurve, bevor er auf einem Felsplateau mündet, wo am Rand einer ausgedehnten Schotterfläche ein weißgrauer Winkelbau steht, in dem Gregor Lamonte ein paar Ferienwohnungen eingerichtet hat. Seine Vorstellungen von einer ganzen, antikhaft gestalteten Freizeitanlage hat der kleine alte Herr nicht verwirklichen können. Eine Treppe geht hinab zu einem Säulengang, der um das freiliegende Souterrain herumführt. Die langen Raumfluchten, deren Eingänge und Fenster zugemauert sind, stehen leer, ebenso wie die aus Feldsteinen errichteten Bungalowbauten, die sich hangabwärts staffeln und wie von Archäologen freigelegt, auf den Felsvorsprüngen stehen. Und wie die Ruine eines Amphitheaters fügt sich das ovale Mauerwerk des Schwimmbeckens, in dem zwischen Geröll der Oleander wächst, tief in die Hangmulde ein. Jörn schreibt, jetzt sitze ich auf der Terrasse im Schatten eines weißen Sonnenschirms, und so surreal mir der Torso des Anwesens vorkommt, dies ist mein Quartier mit Wohnraum, Schlafraum, Küche, Bad, und ich höre und sehe nichts als das Meer.

An den Tischen sitzen Leute, die auch im Flugzeug aus Athen gesessen haben. Der Philosophenkopf, der eine französische Zeitung gelesen hat, spricht englisch mit seinem griechischen Gegenüber. Zwei junge, weißhaarige Frauen sprechen holländisch. Das Pärchen in Motorradleder studiert einen italienischen Reiseführer. Ilona, die Inhaberin der Taverne, sitzt hinter der Kasse mitten im Lokal und begrüßt die Gäste, die an ihr vorbei in die Küche gehen und sich dort von der Köchin die Speisen zeigen lassen. Das *Mago* liegt an der Uferpromenade in der Biegung zur Hafenmole hin; die meisten Gäste sitzen draußen unter der Markise hinter durchsichtigen Plastikbahnen, die gegen den ewigen Wind heruntergerollt sind. Katzen streichen hin und her zwischen den Tischen. Der junge Mann im T-Shirt, bevor er die Terrasse betritt, kurvt mit seinem weißen BMW ein paar Mal am Lokal vorbei. Die Häuser an der Uferpromenade liegen alle schon im Schatten, wenn man im Mago noch in der Abendsonne sitzt.

Um die Ecke herum, das Neonlicht im Minimarkt fällt um halb elf noch in die Gasse. Varga, der gleich an der Tür zwischen Theke und Kasse sitzt, hat die verwackelten Fernsehnachrichten laufen und wiegt einem Schweizer in Shorts die Pfirsiche und Tomaten ab. In den Gängen, die in die Tiefe des Ladens führen, suchen sich Neuangekommene zögernd die ersten Eßvorräte zusammen. Lange werden die Haltbarkeitsdaten studiert, bevor die Ware in den Korb oder zurück ins Regal wandert. Varga führt noch alte Zigarettenmarken, die es weder beim *Juwelier*, dem Souvenirladen auf der Uferpromenade, noch in einem der beiden Kioske auf der Insel gibt. Wegen Telefonkarten dreht Varga seinen Arm in Richtung Juwelier, aber der fängt die Saison erst eine Woche später an, und so lange wird es auch keine Zeitungen geben. Varga verspricht Telefonkarten für next day. Nach elf bleibt der Laden leer; Varga gießt sich den nächsten Brandy ein und schaut zum Fernseher hoch.

Die weißen Häuser an der Uferpromenade stehen da wie unbewohnt. Katzen huschen aus den Eingängen die Ufermauern hoch; das Licht der Laternen dunkeln die Tamarisken ab. Der Wind hat aufgehört; langsam, gleichmäßig atmet die Dünung; die Lichtsäule des Monds liegt im schwarzen Wasser der Bucht. Hinter dem letzten Haus steigt die Promenade steil an. Überwölbt von Bäumen, mündet sie in einer Kurve der Landstraße, die sich am Ort vorbei und hoch in die Berge zieht. Die Beleuchtung hat aufgehört; der Abzweig ist nur bei Mondlicht zu finden. Lamonte hat ein Gerät versprochen, das bei Bewegung das Hauslicht anmacht. Von der Terrasse geht der Blick ins Halbrund der Bucht; auf einmal scheint sie zu glänzendem Leben erwacht. Eine Lichtkette säumt die Uferpromenade; bunte Glühbirnen reihen sich zwischen den Lokalen; Autoscheinwerfer tasten sich aus den Gassen heraus. Aus der Höhe gesehen, leuchtet Kapsali weit ins Meer hinaus, und das Tuckern der letzten Fischerboote klingt gelassener, sobald sie aus der Dunkelheit aufgetaucht sind.

Die Straße nach Norden geht über die Höhenlagen der Insel, fällt aus steinigem Gelände immer wieder in grüne Schluchten ab; kaum hundert Meter reicht eine Gerade, schon kurvt die Straße um einen Felsen, Gemäuer, Böschungen herum. Ein paar Dörfer scheinen zum Greifen nahe, aber dann wechselt die Strecke dauernd die Himmelsrichtung, bis hinter einer Biegung unversehens die ersten Häuser hervorkommen. Der alte Jeep gibt nicht viel her; er scheint den vierten Gang nicht zu kennen; er raunzt auf, als er den Traktorschrott, den der Pope lenkt, überholen soll.

In der Ferne taucht Potamos auf, verschwindet wieder, rückt im linken, dann im rechten Seitenfenster, schließlich in der Frontscheibe näher. Die Straße, die sich verbreitert hat, führt an den Einsamkeiten eines Nachtclubs, einer Tankstelle, eines Supermarktes, einer zweiten Tankstelle vorbei, dann windet sie sich zwischen den ersten Häusern hoch in die Mitte des Ortes, auf den Marktplatz, wo, es ist Sonntagmorgen, Händler und Bauern ihre Stände aufgeschlagen haben. Obst, Eier, Sträuße, Grünzeug aus den Gärten; wenig Üppiges kommt von der Insel. In den Minimärkten quillt es über von Importen; dort drängeln sich die Leute in den engen, verwinkelten Gängen; draußen zwischen den Ständen steht der Ort zusammen, trifft sich mit den Nachbarorten, um unaufhörlich alles zu bereden. Gruppen alter Männer stehen in schwarzen Anzügen und lassen die Kugelkränze zwischen den rissigen Fingern rollen. Greisinnen schleppen Gemüsenetze hinter sich her. Pulks von Jugendlichen haben den Pavillon inmitten des Platzes besetzt; einige stehen in australischen T-Shirts und Jeans. Und dazwischen, einzelgängerhaft, als trenne eine Welt sie vom bloßen Touristen, einige Engländerinnen, Franzosen, Schweizer; sie scheinen sich hier auszukennen, selbstsicher gehen sie ihren Besorgungen nach; khakifarbene Inselprofis, die eine Kanne Öl, Ballonflaschen Wein zu ihrem Landrover tragen.

Vor Jahrzehnten, erzählt Niko, ist die halbe Insel nach Australien ausgewandert. Seitdem zerfallen die leeren Häuser. Manche kommen im Alter zurück, mit einem Haufen Geld, und bauen gräßlich neue Häuser. Manche kommen nur zu Besuch und bringen australische Elektrogeräte mit. Niko sitzt an einem kleinen runden Holztisch mitten in seinem Kapheneion und schaut ins Marktgeschehen hinaus. Im Ruhrgebiet kennt er sich gut aus; ins Bergische ist er auf Montage gefahren, Wuppertal, Hagen; eine Weile hin und her gependelt zwischen Hannover, Göttingen, Kassel. Graues Haargestrüpp wildert unter der Schiffermütze hoch, die über die Hornbrille ragt; aus der Tiefe des verwitterten Gesichts lugen die ernsten Augen hervor.

Wenn das Telefon läutet, verschwindet Niko im Hintergrund des Lokals, gibt kurz Antwort und mixt einen Frappé, den er auf einem Tablett hinaus auf den Platz bringt. Das Lokal ist ein riesiger, hoher Raum, in dem es kühl und in seiner Tiefe hinten dunkel ist. Die Seitenwände nehmen große Spiegel ein, unter denen sich schwarze Lederbänke aneinanderreihen. Die Mitte des Raums ist vollgestellt mit Stühlen und Tischen, hinter denen ein schweres Kaliber von Ofen, mit einem hochgerichteten Rohr, das in mittlerer Höhe abknickt und zur hinteren Wand hin sich verzieht, seinen Platz hat. Am Ende des Raums umrundet eine Ecke die Bar, die nie benutzt wird und voller Flaschen steht. Aus der anderen Ecke schiebt sich ein Billardtisch hervor, den, wenn keiner Billard spielt, Instrumentenkram und Zahnradzeug für die zwanzig Uhren bedeckt, die über dem Billard hängen und alle verschiedene Zeiten anzeigen. Jörn schreibt, läßt sich auf der Insel einer suchen, in Nikos Café läßt er sich auf jeden Fall finden.

Die wenigen Gäste verlieren sich im Raum. Meist alte Männer, die in der Nähe der offenen Glastür sitzen und auf die Straße schauen. Manchmal steht einer auf und geht hinaus; nach einer Weile kommt er wieder hinein. Niko hat wenig zu tun; er läßt sich auch Zeit, wenn es eine Bestellung gibt. Der Herr im schwarzen, verschlissenen Zweireiher hängt mit seiner Nickelbrille tief über dem Folianten, der den ganzen Tisch bedeckt; auf dem Nachbartisch steht ein leeres Wasserglas. Auf der Bank der alte Österreicher, Franz, hält zwei Tische besetzt; zur Marktzeit empfängt er hier seine Bekannten, die Louisa manchmal mit hereinbringt, seine Frau; sie geht dann, nachdem sie eine Besorgung abgestellt hat, bald wieder hinaus auf den Markt, wo sie weiter einkauft und die nächsten Bekannten trifft. Vor Jahrzehnten hat sich Franz eine abgelegene Felsenschlucht gekauft und dorthinein ein ansehnliches Haus gebaut, mit Blick aufs Meer. Zweimal im Jahr bewegt er seinen verschrammten Mercedes Richtung Niederösterreich, um einen Kofferraum voll Wein zurück durch alle Zollkontrollen zu schleusen. Niko hält er mit seinen Campari-Soda-Bestellungen auf Trab. Wir, höhnt Franz, die eingewanderten Pensionisten, wir sind die Zukunft der Insel. Der da, der hat sich hier jetzt auch niedergelassen. Den Raum hat ein Grauhaariger in weiter Jeansjacke betreten. Er sieht sich um und zögert, dann nähert er sich der Lederbank. Das ist Micha, kommt vom Rheinland her, soll ein Maler sein. Kennen Sie Micha? Einmal hat eine Frau am Tisch mitgesessen, die hat aber Achim zu ihm gesagt.

Die Treppenstufen hören bald auf. Großzügig angelegt, sollten sie in das Terrassengelände übergehen, das sich Lamonte für seine Utopien ausgedacht hatte. Keiner weiß oder will sagen, was an Machenschaften, Illegalitäten hinter seinem Projekt steckt; alle paar Tage kehrt Frau Lamonte den Staub von den Stufen, harkt der albanische Maurer das Geröll von der Rampe weg. Unter der Rampe beginnt das Wagnis des Abstiegs. Ein schmaler Felspfad im Zickzack einer Serpentine; man muß sich am Ginster, an Grasbüscheln und Steinbrocken festhalten, bis es zum Sprung von der letzten Felskante kommt. Wenige trauen sich in die kleine Bucht hinab; tief in die Felsen hineingetrieben, bildet sie eine von Tamarisken bewachsene Schlucht; zur Meerseite hin öffnet sich die flache, von Sandstreifen durchzogene Kieselhalde des Strands.

Jörn schreibt, ganz schön heiß hier, und das Zelt eigentlich auch nur was für die Ostsee. Mit Steinen hat er das Gestänge seines kleinen Muschelzelts befestigt; zwar Schatten, aber im Inneren staut sich die Hitze; Jörn stakst immer wieder über die Kiesel ins Wasser. Das Meer liegt ruhig in den Buchten. Hinter einem Felsvorsprung taucht das Hafenrund von Kapsali auf. Er schwimmt, bis er, auf dem Rücken liegend, über die Felsen Ruinengemäuer ragen sieht, die Zitadelle von Chora. Eine Wolkenwand zieht vom Gebirge meerwärts heran, und bald liegt die Badebucht im Schatten.

Jörn bewegt seinen Körper, bis sich unter seinem Rücken im Sand eine Mulde gebildet hat. Die weit draußen liegende Felseninsel kommt ihm vor, als erhebe sich im Meer der versteinerte Kopf eines Löwen. In die flache See ist Unruhe gekommen. Glitzernde Wellenkämme rollen auf die Strandkiesel zu, brechen hinter den Steinen zusammen und verlaufen sich in breiten, rasch zurückfließenden Zungen. Das Meer, wie es die Dünung in Bewegung hält, scheint durchzuatmen, und es ist das ebenmäßige Wellengeräusch, das Jörn langsam einsinken läßt in Schlaf, in den leichten Schlaf, der die Augen schließt und die Ohren noch offen für die Geräusche hält und aus der tiefen Zone des Traums die ersten Bilderfetzen aufsteigen läßt. Möwenschreie dringen in den Halbschlaf ein; die heiße Luft der Bucht kühlt auf den Sandwegen ab, die durch Kiefernwälder in die Dünen führen; die Kieselfläche zwischen den Felsen öffnet sich zu einem weißen, unendlich langen Sandstrand; das Tuckern des Fischerbootes, das den Hafen verläßt, geht über in das Brummen des Propellerflugzeugs, das entlang der Küste fliegt. Es ist die Ostseeküste, und Jörn in seinem Dahindämmern spürt, wie es ihn hineinzieht in eine Umgebung des Erinnerns, die in ihrer Ferne plötzlich so gegenwärtig erscheint, daß er unterwegs zu sein meint auf der schmalen

Halbinsel des Fischlands, auf dem Pfad des Hohen Ufers, der hinab nach Ahrenshoop führt.

Die Stimmen im Garten kamen von den Johannisbeerbüschen her. Zuweilen rumpelten hinter der Hecke, die hoch über den aufgeschichteten Feldsteinen wucherte, Lastwagen und der Linienbus auf der Dorfstraße vorbei. Die Gartenmöbel standen unter dem Birnbaum, der voll von kleinen Birnen hing. Silke war ins Haus gegangen, um frischen Tee zu kochen; sie brachte ein paar Fotos mit. Die Kandiswürfel klickerten gegeneinander, als Jan in seiner Teetasse rührte. Er hatte eine Weile nachgedacht, dann sagte er, nein, er ist nicht gekommen wie einer, der gleich wieder abreisen will, und Silke nickte, den ganzen Sommer wollte er bleiben, da oben unterm Dach. Das verwitterte Reetdach, das bis in Kopfhöhe herabreichte, bedeckte die Büdnerei wie eine schützende Haube. Das winzige Dachfenster zur Straße hin stand über Feldern, die bis zum Hohen Ufer gingen; das große Fenster über Garten und Wiese hatte Aussicht auf Schilfgürtel, den Bodden, das Saaler Ufer gegenüber. Silke und Jan bewohnten das Erdgeschoß, dem an der hinteren Giebelseite ein Gartenzimmer angebaut war. Jörn hatte sich im Dachzimmer eingemietet, einem scheunengroßen Raum. Silke schenkte Tee nach und sagte, im Dorf bei all den Feriengästen, da ist er gar nicht so aufgefallen. Jörn sah sich die Fotos an; auf einem sitzt Achim vor der Fensterreihe im Gartenzimmer, auf dem anderen steht er zwischen den Johannisbeeren.

Varga hat noch immer keine Telefonkarten besorgt; er verspricht sie für next day. Der Juwelier hat seinen Laden auch noch nicht geöffnet, und es gibt keine Zeitungen. Jörn schlendert weiter Richtung Mago und sieht, daß Panayotis hinter seinen Fenstern sitzt ... Am Suzuki gibt es eine Kleinigkeit zu reklamieren, der linke Scheinwerfer brennt nicht, Panayotis nickt, gleich morgen früh. Der kleine drahtige Grieche sitzt, umgeben von Motorrollern und einem Dutzend schwerer japanischer Maschinen, an seinem Schreibtisch. Bevor er sein heftiges Telefonat fortsetzt, macht er Jörn ein Zeichen für nach nebenan, auf einen Ouzo im Café des Franzosen. Jörn mustert noch eine Weile die Motorräder, dann sitzt er draußen an der Kaimauer, wo Panayotis ein paar seiner Leihwagen geparkt hat, an einem Tisch und schaut aufs Meer.

Wenn man einen Totgeglaubten wiedersieht, fragt man sich, wieso, was sind das für Umstände, daß der Mann nicht mehr am Leben sein soll. Dabei, schreibt Jörn, bin ich nie davon ausgegangen ... Achim war nur einfach verschwunden gewesen, damals in Ahrenshoop, und nur weil dort, vor Jahrzehnten, schon einmal ein Maler auf Nimmerwiedersehen verschwunden war, kam so etwas wie Todesahnung auf. Jetzt steht er plötzlich in Nikos Café, bestellt einen Frappé, und die Leute sagen Micha zu ihm.

Panayotis hat es eilig; seine Frau mit dem einjährigen Tilo unterm Arm ist im Laden aufgetaucht; das italienische Pärchen braucht für den Roller Strippen zum Festschnallen der Luftmatratze, Panayotis rückt nur eine heraus ... basta uno? will das Mädchen wissen; es wird nichts aus dem schön entspannten Aperitif. Panayotis schwingt sich mit Familie auf die rote Honda, see you later, er kann ganz gut Englisch.

Der Wind, der ewig vom Meer durch die Hafenbucht geht, hat aufgehört; im Mago sind die Plastikbahnen hochgezogen. Im Hintergrund der Terrasse geht ein Arm hoch; die Österreicher, Franz und Louisa, sitzen dort und winken Jörn an ihren Tisch. Vorher geht er an Ilona vorbei in die Küche und läßt sich ein paar kleine Fische zeigen, hebt aber den Kopf, was auf griechisch soviel wie nein danke heißt, und tippt auf das brutzelnde Lammkotelett. Neue, ständig sich umdrehende Gesichter an den Nebentischen, weißhäutige Schweizer, die mit der Nachmittagsmaschine gekommen sind. Am Tisch der zwei eleganten Schwergewichte, die ihre grauen Köpfe zusammengesteckt haben, sprechen die beiden Schönheiten russisch; Louisa weiß, daß die Immobilienmakler aus Athen sich die Freundinnen jetzt aus Weißrußland holen; Franz studiert die Zigarettenpackung, die Jörn aus der Hemdtasche zieht ... nein, die raucht er seit 1940 nicht mehr, und da hat er auch nur die eine geraucht, der junge Spund in Uniform, und nach der einen Gauloise hat er die Taschen gleich wieder leergemacht, die ganze Beute hat er weggeworfen, damals in dem Depot, da hatte der Franzose Sachen gelagert, glauben S', dös kannten wir einfach net. Franz winkt, und eine neue Flasche steht auf dem Tisch.

Jetzt liegt auch die Hafenmole im Schatten, und im Mago gehen die Lichter an. Fischer aus dem Ort setzen sich an ihre abseits stehenden Tische. Franz und Louisa möchten Jörn in ihr Haus oben in der Schlucht einladen; alles griechische Freunde, die mit einem Lamm am Spieß umzugehen wissen. Jörn zögert, kein Wort Griechisch. Franz kann nur lachen. Schaun S' mich an, aber dafür hab ich ja die Louisa, die besorgt die ganze Kommunikation. Und wenn der Micha mit dazukommt, der kann auch nur kali spera sagen, guten Abend. Louisa nickt. Eben, und deshalb macht der Micha nie den Mund auf.

Oder wie heißt er denn nun wirklich ... Aber Jörn scheint die Frage überhört zu haben und will nur beiläufig wissen, wie lange man den Micha auf der Insel denn schon sieht. Schon lange, meint Franz, aber so lange nun auch wieder nicht, sagt Louisa, und manchmal sieht man ihn gar nicht, obschon, im Mago hier sitzt er schon mal, dahinten beim

Franzosen auch, bei der Elena oben in Chora findet er den Wein zu warm, eine Schwäche scheint er zu haben für Marias chaotischen Laden in, wie heißt das Nest, Logo ... Logothe ... Logothetianika, sagt Louisa. Den alten Pickup, weiß Franz, tankt er in Livadi voll, beim Durchfahren macht er vor der Taverne in Mitata halt. Den besten Ouzo, behauptet der Micha, gibt es oben in Kalamos beim alten Petros in dieser riesigen Leere von Trinkhalle; da geht nur keiner hin, sagt Louisa, drei wacklige Tische, von den neun Stühlen sind sieben zerbrochen; aber wenn, sagt Franz, wenn erst der Sohn aus Australien zurückkommt ... und im Norden oben, sagt Louisa, will er noch seine Geheimtips haben, Avlemonas, Karavas, und dann, sagt Franz, taucht der Micha natürlich in Potamos auf, sonntags bei Niko, da kenne sich der Herr Winter ja auch schon aus.

Jörn überlegt, was er sagen soll. Natürlich möchte er Micha kennenlernen, und das heißt, Achim wiedersehen. Zwischen Hafenmole und Lokal kurvt der weiße BMW ein paar Mal hin und her; mit laufendem Motor bleibt er eine Weile längs der kleinen Segelyacht stehen, die seit zwei Tagen im Hafen liegt. Jörn will wissen, wo der Micha auf der Insel denn lebt. Franz hebt die Schultern. Anfangs beim Lamonte, da wollte er sich in einem dieser archäologischen Bungalows einrichten. Aber da schaut ja keiner durch; keiner weiß so richtig, warum es da nicht weitergeht, ob dem Lamonte das ganze Plateau überhaupt gehört ... an der Straße hat er angefangen einen Stein zu werfen, dann ist er dem Stein nach und hat ihn weitergeworfen, immer so fort, bis wo das Plateau in die Bucht fällt ... Mein Land reicht, so weit mein Stein fliegt ... so hat sich, gewissermaßen, der Lamonte sein Land zusammengeworfen. Sagt man, sagt man, sagt Louisa, da war vieles vor unserer Zeit. Jedenfalls, sagt Franz und winkt nach Wein, ist der Micha dann in die

Berge gezogen, da stehen ja halbe Dörfer leer und warten auf ihre Australier, aber die richten sich dann lieber etwas Villenmäßiges her. Ruinen finden sich auf der Insel reichlich. Jetzt hat er was in, wo, in Platia Amos, sagt Louisa, also das liegt im äußersten Norden, sagt Franz, da hat er was an der Küste gefunden, Hütte mit Veranda gleich überm Meer. Da gibt es den ganzen Tag etwas zum Malen. Was zum Malen, fragt Louisa. Das Meer, sagt Franz, von morgens bis abends das Meer. Der BMW knurrt auf; ein kleiner alter Mann und eine junge Asiatin sind aus der Segelyacht geklettert und haben den Wagen bestiegen. Der Junge im T-Shirt setzt bis vor das Lokal zurück, wo die drei aussteigen und die Terrasse betreten. Franz will den Arm zum Winken heben, aber Louisa drückt ihm den Arm zurück.

Wolken halten den Himmel bedeckt; das Meer schiebt breite Wellenfronten in die Buchten. Jörn sitzt auf seiner Terrasse und schreibt ein paar Gesprächsfetzen nach; dabei kommt ihm die Vorstellung, daß Micha, wie Franz spottet, von morgens bis abends das Meer malt. Er kennt frühe Bilder von Achim, auf denen nichts anderes als graues Weiß sich in gleichmäßigen Riffelungen über die Leinwand zieht. Auf anderen Bildern passiert das gleiche in weißem Grau. Einmal sah er Achim, begleitet von einem kleinen Galeriepublikum, am Rheinufer weiße Kieselsteine aufsammeln. In der Galerie verteilte er die Kieselsteine auf vierundzwanzig Glasschüsseln, die er in einem Kreis aufgestellt hatte. Aus einer Kanne schüttete er dann, den Kreis im Uhrzeigersinn abschreitend, eine schwarze Flüssigkeit in die Schüsseln, so lange, bis die Steine in der Flüssigkeit nicht mehr zu sehen waren. Auf den vierundzwanzig Blättern, die gerahmt an den Wänden hingen, stand *Diary* als einziges Wort.

Jahrzehntelang hatte das Meer am Steilufer zwischen Ahrenshoop und Wustrow genagt, bis die Fundamente ihren Halt verloren und die Bunker der Küstenbatterie in die Tiefe sanken. Vom Weg übers Hohe Ufer sieht man einen Bunker in der Brandung liegen; der zweite Klotz, schräg auf den kurzen Strand gekippt, macht es Strandgängern schwer, daran vorbeizukommen. Jörn hatte ein paar Fotos gemacht, und Silke nickte, der Achim ist da auch oft rumgekrochen, mit der Kamera ist er sogar ins Innere hineingeklettert, um die Bunkerwände zu fotografieren. War aber zu dunkel, auf den Fotos ist dann nix zu sehen gewesen. Und das sind, sagte Jan, von Achim die einzigen Bilder, die wir zu sehen bekommen haben. Gemalt hat er ja nicht hier, und ob er Malzeug dabeihatte, das haben wir nicht gesehen. Aber er hat immer von den Malern gesprochen. Silke nickte, ja, von denen hier im Dorf, den früheren, den ganz alten, die zum Malen alle gekommen und in Ahrenshoop geblieben waren.

Ein runder Tisch mit Stühlen stand inmitten des Gartenzimmers, durch dessen Fensterreihe der Blick auf die Wiese und weiter hinaus zum Bodden ging. An den Wänden hingen Landschaftsbilder vom Fischland und das Porträt einer Frau, ein Bild ohne Rahmen. In einem Regal reihten sich Bücher, Kataloge, Zeitschriften; in der Vitrine gegenüber standen Gläser und einiges an Cognac und Rum.

Jörn saß am Tisch und blätterte in einer Dorfchronik, die Silke ihm hingeschoben hatte. Der Achim, sagte sie, hat hier ganze Abende gesessen und die alten Geschichten studiert. Er wollte wissen, wie das Leben auf dem Fischland einmal war. War ja so ein Zufall gewesen, daß er in unsere Gegend hineingeraten ist, eigentlich unterwegs nach Rügen, Spurensuche, wie er gesagt hat, weil er ja als Kind im Krieg hier an der Ostsee war. Wustrow, Ahrenshoop, der ganze Darß bis Prerow, Zingst, davon hatte er aber nie gehört. Und daß so viele Künstler sich von Ahrenshoop angezogen fühlten, daß sie hierblieben und sich nach und nach die alten Katen kauften oder gleich neue Häuser aufstellten, weshalb unser Fischernest als Künstlerkolonie richtig aufzuleben begann, na und als Seebad auch, rief Jan aus der Küche, da kamen aus Berlin doch gleich die Kurgäste nach, nun ja, dem Achim ist das alles vorgekommen, als habe er einen geheimen Erdteil entdeckt.

Jan kam mit ein paar Flaschen Hasseröder aus der Küche. Der Achim, sagte er, hatte sich ja mit Lübzer Pils angefreundet. Und mit Rostocker Korn, sagte Silke; er tat ganz verärgert, wenn eine Kneipe Importiertes aus dem Westen führte, da ging er gar nicht erst durch die Tür. Jörn lächelte; ihm kamen Achims Erfahrungen mit der Gegend manchmal wie die eigenen vor. Aber, sagte Jan, als der Achim anfangs meinte, er fühle sich hier wie in einem Hinterland der Geschichte, da haben wir ihm aber was erzählt. Für einen aus Düsseldorf mag das so aussehen, bloß von allen den Legenden solle er sich mal nicht täuschen lassen. Wo noch welche von den Künstlerkaten stehen, da wohnen längst keine Künstler mehr drin. Mit der Kolonie war schon nach dem Ersten Weltkrieg Schluß und Ende. Dann kam der Göring aus seinem Jagdhaus im Darß über die Dorfstraße geritten. Aber wir hatten, sagte Silke, einen Ortsgruppenleiter hier, der war ein feiner Mann, der hat die Untergetauchten gewarnt, wenn die Gestapo ins Dorf kam, und Befehl hat er gegeben, daß die Küstenbatterie nicht schießt, wenn der Russe am Bodden steht. Soll wohl sein, sagte Jan, für den Brecht blieb es aber die reine Nazigegend, was nicht wahr ist, sagte Silke, in Ahrenshoop, ob Ebbe oder Flut, war nämlich auch DDR, mit Becher und Kulturbund, mit Staatsprominenz auf Urlaub, die Villen auf dem Hohen Ufer bewohnt die alte Riege immer noch, und wer da nachgerückt ist, sagte

Jan, das ist die Finanzprominenz aus Hamburg und Berlin, das ganze Fischland verschwindet unter Reetdach-Hotellerie, jeder Dorfweg zugeparkt mit Kennzeichen aus Gütersloh und Mainz, am Strand die Landessprache, sagte Silke, ist aber wieder Sächsisch.

Jörn griff nach dem Lexikon, das mit ein paar hundert Lebensläufen der Künstler gedachte, die der Ort als seine Bewohner kannte; die meisten waren aber nur auf Besuch gewesen. Einige hatten in den vorderen Reihen der Moderne gestanden, Jawlensky und die Werefkin, Heckel und Schmidt-Rottluff, Nay und Gerhard Marcks; zu Ruhm gekommen waren sie anderswo. Und auch die Literaten waren wie Namen in einem Gästebuch, von Gerhart Hauptmann bis Arnold Zweig, und Uwe Johnson hatte Gesine Cresspahl einmal in die Ferien hergeschickt; nur Johannes Robert Becher residierte regelmäßig in seinem Dünenhaus ... aber wenn, sagte Jan, sein Privatleben wieder einmal explodierte, machte er fluchtartig immer weg. Der Achim hat die meisten Namen auch nicht gekannt, Tote alle und Vergessene, aber deshalb hat er sich ihnen so zugewendet, wie um sie neu zu beleben ... berühmte Leute hängen mir genug in der Ahnengalerie, so ähnlich hat er das gesagt. Vor allem hat er sich mit den ganz Alten abgegeben, den Allerersten, die über das Hohe Ufer herangewandert kamen und plötzlich zwischen Dünen, Feldern, Wald und Bodden die Katen von Ahrenshoop liegen sahen, da war noch neunzehntes Jahrhundert, da ging noch durchs Dorf die Grenze zwischen Mecklenburg und dem preußischen Pommern. Der Achim war ganz still gewesen, wenn er abends hier am Tisch saß und sich die Kunstpostkarten ansah; eine ganze Sammlung hatte er in der Bunten Stube erstanden, in Wegscheiders Buchhandlung, und manchmal fragte er uns nach ein paar Namen, Malchin, Müller-Kaempff, Schlotermann, Wachenhusen, Anna Gerresheim und Elisabeth von Eicken, Holtz, Triebsch ... einmal lachte er, er kannte ja aus seiner Kindheit die Häschenschule vom alten Koch-Gotha, aber bewundert hat er dann die Bilder seiner Frau, der Dora Koch-Stetter, da hat er die Postkarten beiseitegelegt. Aber dann, sagte Jan, hat er auch einmal gesagt, das geht nicht mehr, zu spät ... eben, sagte Silke, das hat uns gewundert, als Achim damit anfing, ich bin zu spät gekommen.

In der Mittagshitze bleibt es bei Niko angenehm kühl. Ein paar alte Männer sitzen inmitten des hohen, halbdunklen Raums vor ihren leeren Gläsern und schauen hinaus in die gleißende Helle des Platzes. Niko steht am Billardtisch und bastelt an einer Uhr. Manchmal entsteht dabei ein leiser Knack, das einzige Geräusch, das im Raum zu hören ist.

Das Lederpolster der Bank, schreibt Jörn, ist hart und glatt und hundert Jahre alt. So alt wie das ganze Café. Er sei auch nur ein Gast auf der Insel, hat Niko, der Athener, gesagt. Zurück aus dem Ruhrgebiet hat er, auf der Suche nach einem anderen, einem ruhigen Leben, sich auf die Insel zurückgezogen und lange keine Arbeit gefunden. Er wollte schon wieder weg. Das Lokal stand unbenutzt und sah vor fünfzehn Jahren so aus, wie es jetzt aussieht. Niko hat nur ein bißchen aufgeräumt und, weil es soviel nicht zu tun gab, mit seinen Uhren angefangen. Es sei ihm nur recht, daß seine Gäste sowenig bestellten, dann müsse er nicht immer hin und her rennen, Packungen aufreißen, Gläser spülen.

Jörn blättert in seinen Notizen und sieht, wie sich die Ahrenshooper Erinnerungen eingemischt haben. Lange hat er nicht daran gedacht, an Achim zu denken, an seine Düsseldorfer Aktivitäten schon gar nicht. Sechziger Jahre. Bevor das Jahrzehnt so richtig zu rumoren begann, war er einmal zugegen gewesen, als Achim in der Galerie, quer durch den Raum, Holztafeln aufhängte, die mit Buchstaben versehen waren. Nach einem bestimmten System, an dem Achim noch knobelte, sollte der Betrachter im Raum so herumgehen, daß sich aus der Buchstabenfolge eine Folge von Wörtern fügte: Concepts for coming days. Bei der Vernissage war dann völliges Durcheinander entstanden. Rammelvoll, keiner kam mit dem System zurecht, jeder stieß mit jedem zusammen, alle mußten sich unter den niedrig hängenden Tafeln herbücken oder stießen mit den Köpfen dagegen; Achim, der, hoch auf einer Leiter stehend, das Ganze zu dirigieren versuchte, gab einem hingehaltenen Mikrofon den Bescheid, es handele sich um ein Ereignis mit unvorhersehbarem Ausgang. Damals gab es oft Ereignisse dieser Art. Einmal meinte Achim, die Bewohner der Stadt müßten etwas tun, was ihre Sehgewohnheiten veränderte. In einer Anzeige forderte er die Leute auf, morgens um acht die Fenster zu öffnen und draußen die Straße, die Häuser gegenüber zu fotografieren. In der Ausstellung dann kamen eine Menge Fotos zusammen, auf denen Straßen und die Häuser gegenüber zu sehen waren. Achim machte nicht lange mit. Ein paar Stipendien, die ihn nach Rom, Florenz und New York holten, entfernten ihn für eine Weile von den westdeutschen Zentren der Geschehnisse. Aus New York brachte er die Idee mit, für seine Arbeit Schmalfilmkamera und Tonbandgerät zu benutzen. Jörn sah ihn einmal auf der Oberkasseler Brücke stehen. Das Mikrofon hatte er am Straßenrand aufgebaut, die Kamera hinab aufs Wasser gerichtet. Der Film, der nachts dann eine Stunde lang im Dritten Fernsehprogramm lief, zeigte nichts als das fließende Wasser des Rheins; zugleich waren die Geräusche des unsichtbaren Straßenverkehrs zu hören. Eine Zeitlang war er mit einem Toningenieur, mit Manfred befreundet, der sich in einem Hinterhof am Hafen ein Studio eingerichtet hatte. Die beiden sah man mit ihren Geräten öfters unterwegs, in der Altstadt, im Bahnhof, auf dem Flughafen in Lohausen, auf den von Pappelreihen durchzogenen Wiesen des Niederrheins; gelegentlich tauchten sie auf einer Party von Gabriele Henkel auf. Akustische Landschaften, oder auch akustische Umgebungen, so nannte Achim die aus Stimmen und Geräuschen komponierten Klangbilder, die dann nachts im Dritten Radioprogramm zu hören waren. Bis die beiden sich verkrachten. Manfred verstand sich nun als Sound-Director und produzierte nur noch eigene Sachen, Sound-Skulpturen. Achim wechselte ins Westfälische und übernahm, mit einer Gastprofessur, für eine Weile die Leitung eines Kunstvereins.

Jörn sieht ein paar Mal zum Billardtisch hinüber, bis Niko aufmerkt und nickt. Zeit vergeht, dann steht das Glas mit dem eiskalten Frappé, das zweite Glas, vor ihm auf dem Tisch. Niko hat sich einen Ouzo mitgebracht und setzt sich dazu. Er hat sich einen bunten Schal um den Hals gewickelt und trägt wie immer seine schwarze Schiffermütze. Jörn will wissen, ob der Grauhaarige mit der weiten Jeansjacke, sein Landsmann, nur sonntags zur Marktzeit ins Café kommt. Der Micha? Der Micha. Landsmann, Deutscher? Niko sagt, der Micha ist doch Russe. Wieso, fragt Jörn, spricht er hier denn russisch? Hier versteht keiner Russisch, sagt Niko, hier spricht er deutsch, denn ich verstehe Deutsch, aber Micha trinkt hier abends Wodka, einmal zuviel, als er gesagt hat, ich habe desertiert, Ostseeküste, Baltic Sea. Jörn kommt es gleich peinlich vor, als er sagt, das ist aber englisch. Niko knurrt. Weiß ich auch. Er steht auf und geht an den Tisch, wo sich der schwarze Zweireiher mit seinem Folianten niedergelassen hat.

Mit den Jahren war es stiller geworden um Achim, aber Linde kannte seinen Namen und hatte, wie sie es sagte, von seinen intermedialen Aktionen gehört, vor der Wende noch in Leipzig, selbst bis nach Mecklenburg hinauf. Am Bodden hatte sie eine zerfallene Scheune als Atelier hergerichtet; nach der Wende machte sie in Ahrenshoop eine Galerie auf. Jörn kam schon mal vorbei. In den weitläufigen hellen Räumen wechselten Ausstellungen von Künstlern, die im Norden zu Hause waren, mit Auftritten überregionaler Prominenz. Linde fischt den ganzen Ostseeraum ab, sagte eine Berlinerin, wenn sich unter dem Reetdach die baltische, die skandinavische Szene einfand. Das Netzwerk, an dem die Galeristin arbeitete, dehnte sich weit und weiter aus ... vorbei, rief sie, die alten Begrenzungen und Isolationen, unterwegs zu Entdeckungen, neuen Zusammenhängen! Linde saß nicht in der Galerie herum und wartete ab; dauernd stiftete sie ihre Leute zu Aktivitäten an, nicht bloß die Maler; sie holte sich Poeten, Musiker, Performance-Artisten heran und inspirierte sie zu einer Art Zusammenarbeit, die sich um Kategorienkram nicht scherte; worauf es ihr ankam, sagte sie, war ein Ensemble der Imaginationen.

Ah ja. Sehr schön. Mehr hatte Achim offenbar nicht gesagt. Eines Tages war er in der Galerie aufgetaucht. Und weil Linde sein Gesicht, obschon es ein frühes Katalogfoto war, erkannte, hatte sie ihn angesprochen. Zum Tee eingeladen. Zur Lesung eines rheinischen Lyrikers, den kannte er doch sicher. Zum Essen mit dem Vernissagevölkchen im Goldenen Hirsch. Linde dachte, Achim zu irgendwelchen Einfällen inspirieren zu können. Sie zeigte ihm ein paar Sachen, die sie in der Galerie herausgebracht hatte, Textgebilde, Objekte, Installationen, Künstlerbücher, Grafikeditionen, und Achim tat dabei auch ganz interessiert. Ob er sich vorstellen könnte, mitzumachen bei den Windinstallationen draußen in der Boddenlandschaft ... aber da hatte Achim nur müde gelächelt.

Jörn saß mit Linde im Garten der Galerie; auf der Wiese standen die Holzfiguren eines Bildhauers, der sich gerade verabschiedet hatte. Jörn hatte sich eine Weile mit dem jungen Mann unterhalten; er kam aus Stralsund; ein paar Jahre hatte er in Greifswald gelebt, und zwar, wie sich herausstellte, im Haus der Tante, bei der Jörn in seinen Kriegsferien einige Male zu Besuch gewesen war. Ja ja ja, immer diese Geschichten von früher ... Linde schien eine Menge Leute aus dem Westen zu kennen, die in den Sommerferien aufs Fischland kamen, um sich hier an ihre Kinderzeiten an der Ostsee zu erinnern. Mit Achim war sie deshalb aneinandergeraten. Aber Achim hat das Fischland, sagte Jörn, hat Ahrenshoop doch gar nicht gekannt. Nein, sagte Linde, aber er hat nach einem Ahrenshoop gesucht, das es nicht mehr gibt; er hat gemeint, hier wartet auf ihn die Zeitlosigkeit, hier geht nur der Wind und rauscht nur das Meer, und das einzig Neue ist das elektrische Licht, das abends in den Katen angeht.

Das ist nicht der Achim, den ich kenne, sagte Jörn. Ich habe von ihm auch etwas anderes erwartet, sagte Linde, etwas mit Durchblick von hinten nach vorn, ein Weitergeben von Erfahrung, das Weitergehen ins Offene, irgendein krasser Dreh ... Ich weiß nicht, sagte Jörn, vielleicht ist der Achim unterwegs nach einem Wohin, das er noch nicht sieht. Ich sehe es, sagte Linde, Sackgasse sehe ich und keine Wendemöglichkeit. Jörn suchte nach einem Gegenbeispiel aus der Kunstgeschichte, wo Sackgasse ein interessanter Ansatzpunkt ist und neue Energien freisetzt, aber es fiel ihm nichts ein, und so sagte er nur, das klingt aber reichlich dogmatisch. Linde bekam eine steile Falte auf der Stirn. Also davon haben wir die Faxen dicke, seit DDR-Zeiten nämlich ...

machen kann hier jeder, was er will, und der Achim soll meinetwegen selig werden mit seinen Künstlerkolonie-Gespenstern, diesen Plein-air-Fetischisten, Dorfidyllikern allesamt, Reklameimpressionisten für die NVP-Touristik ... Linde unterbrach sich und sagte dann, ich weiß, jetzt bin ich ungerecht, mich hat es ja auch von Leipzig weggezogen in dieses Nördliche Vorpommern hier – aber wenn schon Geschichte, ich mache die Galerie nicht, um das Rad zurückzudrehen. Und wo ist der Achim abgeblieben, fragte Jörn. Irgendwann ist er nicht wiedergekommen, sagte Linde, vielleicht habe ich ihn mit meinen Ideen genervt, vielleicht hockt er an einem Seeufer mit Kiefernwald und entdeckt sie wieder, die Landschaftsmalerei. Bloß, sagte Linde und stand auf, wenn der Jan und die Silke meinen, der Achim lebt am Ende gar nicht mehr, dann ist det doch 'n bißchen ville an Mystifikation.

Panayotis ist nicht da, aber Nissa, seine Frau, sitzt zwischen den Motorrädern und sagt, daß Jörn den Jeep outside stehen lassen soll. Jörn will eigentlich weiterfahren zum Haus der Österreicher, aber dann läßt er den Schlüssel stecken; er hat gesehen, daß der Juwelier seinen Laden geöffnet hat, und er geht die paar Schritte über die Uferpromenade zurück.

Der Laden besteht aus mehreren hohen Räumen, in denen ein riesiges Arsenal von Strandutensilien, T-Shirts, Baseball-Mützen, Muscheln und Inselsouvenirs lagert. Telefonkarten hat der kleine Graukopf, der zwischen den Holländerinnen und zwei Schweizer Ehepaaren hin- und herläuft, schon bestellt. Newspapers hat er auch, but not from today, give me back, when you have read. Jörn fischt sich aus dem Stapel ein Dutzend deutscher Blätter heraus und steht wieder auf der Promenade.

Ein zerbeulter Pickup kommt herangerollt und bleibt stehen. Micha klettert heraus und legt seine beiden Hände auf Jörns Schultern. Sie schauen sich einen Moment mit schiefgelegten Köpfen an, dann sagt Micha, fahren wir zu den Österreichern hoch? Jörn zögert, aber Micha ist schon in den Wagen zurückgeklettert und stößt die Beifahrertür auf. Bevor er losfährt, schaut er Jörn noch einmal an. Mann, du siehst ja aus wie damals, von Älterwerden keine Spur. Jörn seufzt. Danke gleichfalls, sagt er und denkt, typisch alte Knaben, das sind die Sprüche noch in zwanzig Jahren.

Der Pickup verläßt die Uferpromenade und rumpelt zur Landstraße hoch. Am Schotterweg, der zu Lamontes Anwesen abzweigt, macht Micha eine Kopfbewegung. Da hatte ich auch mein erstes Quartier, schöner kann die Lage nicht sein, hinreißender Blick, aber dann zog es mich in die Berge und dann wieder in den Norden ans Meer, flache Bucht, langer Strand, und wo alles aufhört, steht eine Hütte überm Meer, die kocht den besten Fisch ... kommst du mal vorbei? Micha bremst; hinter der Brücke gabelt sich die Straße; nach kurzem Zögern weiß er weiter.

Das Haus der Österreicher liegt hoch am Ende einer Schlucht. Die schmale Serpentine windet sich zwischen den Abhängen links und rechts hinauf und endet vor einer Einfahrt. Micha manövriert hin und her, bis der Wagen zwischen den Büschen über dem Abgrund steht. Die kleine Platzfläche ist vollgestellt mit Fahrzeugen. Dazwischen überspannt eine Zeltplane eine hochgestellte Blechwanne, in der ein Gebirge von Holzkohle glimmt. Ein Dutzend Männer steht um die Feuerstelle herum. Nacheinander tritt jeder einzeln vor, ergreift den Schwengel und hält, mit gleichmäßig langsamer Drehung, das drahtumwickelte, von einem Spieß durchbohrte Lamm in Bewegung. Vier Stunden geht das, drei sind schon herum, sagt Louisa, die mit einer Handvoll Kräuter kommt. Fett zischt auf, kleine Flammen züngeln hoch, umkreisen die schwärzlich angeflämmte Haut des schlanken Körpers; Qualm und Bratgeruch zieht durch die Schlucht.

Terrassen staffeln sich um das Haus herum, das im Schatten eines kleinen alten Zypressenhains liegt. Der Blick geht über die tief eingeschnittene Schlucht hinüber zu den Häuserwürfeln von Chora, hinab in die Bucht von Kapsali, aufs Meer. Franz hat sich einen Tagtraum verwirklicht. Mehr wollt' ich nicht, sagt er, bloß die Schlucht mit Blick aufs Meer. Franz hat sich alles selber ausgedacht und nach und nach von den Handwerkern der Insel bewerkstelligen lassen. Mit einem Glas Campari in der Hand lehnt er am Geländer und zeigt in die Tiefe, zeigt in die Höhe, zeigt herum. Die weißen Felsen, das grüne Gesträuch, die ganze Wildnis gehört zum Haus. Aus den Zypressen kommt das Sägegeräusch einer Zikade ... jetzt, sagt Franz, jetzt ist Sommer.

Es ist heiß. Große Schirme stehen aufgespannt. In die Schattenräume der Zypressen dringt die flimmernde Luft nicht ein. Es ist fast kühl. Wuchernd breiten sich Blumen, Stauden, hohe Gewächse und Büsche im Gelände der Steingärten und Terrassentreppen aus. Gartenbaukunst, Wasserbaukunst, Micha gerät ins Schwärmen ... Ingenieursarbeit, sagt Franz und erläutert die Verläufe und Installationen des komplizierten Bewässerungssystems. Er klopft gegen Felsen, einen Betonpfeiler; Abertausende von Litern ruhen in einem Wasserbunker, der unter Hängegewächs verschwindet.

Treppchen, Mäuerchen, Gartenmöbel, überall kann man sich niederlassen; der endlos lange Tisch zieht sich unter der Pergola her; ein Knäuel Katzen wirbelt aus dem Hof hervor. Louisa tritt aus dem Haus und balanciert ein Tablett voller Aperitifs vor sich her. Franz greift als erster zu und stellt

Gäste vor. Griechinnen, Griechen. Eine deutsche Blondine, die fließend Griechisch spricht. Das Ehepaar aus Wien wohnt unten in der Gästewohnung mit im Haus. Micha kennt einige der Leute vom Sonntagsmarkt in Potamos, aus Nikos Café. Jörn kennt keinen. Er trinkt nacheinander zwei Campari leer. Die Blondine sagt, ich kann Sie gerne übersetzen, und Jörn überlegt, was er in der Runde sagen soll. Er schaut zu Micha hinüber, der die Jacke seines Khaki-Anzugs über einen Stuhl gehängt hat. Dies und das möchte er ihn fragen. Auf dem kurzen Stück Fahrt war das Gerumpel im Pickup sehr laut gewesen.

An der Feuerstelle werden Rufe laut. Das Lamm liegt jetzt auf einem Tisch; zwei Männer halten es fest, während einer den Spieß aus dem Körper zieht. Zwei andere haben Kneifzangen parat und knipsen sorgfältig die Drahtumschnürung auf. Dann machen sich alle zusammen ans Werk, und es sieht aus, als zelebrierten die Männer ein uraltes Ritual. Ernst und entschieden, rasch und geübt zerlegen sie mit ihren Messern das Tier. Präzis zerschneiden sie den Körper in handliche Stücke; mit bloßen Händen drehen sie die Knochen aus den Gelenken, rupfen sie die Innereien auseinander, brechen sie das Gerippe auf. Ein stummer, von Ausrufen unterbrochener Vorgang; die Frauen, die ebenso stumm zugeschaut haben, tragen das Fleisch auf hölzernen Tabletts zum Tisch.

Die Mahlzeit zieht sich über Stunden durch den Nachmittag. Einer der Griechen, der alte Andros, hat stehend eine Ansprache gehalten, so etwas wie einen Willkommensgruß an die fremden Gäste der Insel. Als Gelächter aufsteigt, erklärt Louisa, also ihr sollt's eure Finger gebrauchen zum Essen. Jörn schaut zu Micha hinüber, der sich von der Blondine die Ansprache übersetzen läßt. Als die Griechen anfangen zu singen, läßt er sich auch den Wortlaut der Lieder erklären. Einmal macht er sich auf der Papierserviette Notizen. Einige Männer stehen auf, schnipsen mit den Fingern und tanzen. Franz hebt sein Weinglas hoch und sagt, so habt ich's gern um mich herum.

Es ist noch nicht Abend, als die Griechen sich plötzlich zum Abschied versammeln. Der Tisch sieht auch schon leergeräumt aus; die Frauen fassen noch alle mit an. Micha steht mit Franz am Geländer und will wissen, woher, aus welchen Dörfern seine Gäste kommen. Franz zeigt nach Chora hinüber. Jörn meint, die Männer stellt man sich als Fischer oder Bauern vor; es sind aber Lehrer, Gerichtsvollzieher, Bankangestellte, Advokaten. Man hört sie rangieren und wegfahren. Louisa kommt zurück und lädt zum Bleiben ein. Die ganze Schlucht liegt jetzt im Schatten. Die Blondine will morgen nach Athen. Wolken kommen übers Gebirge. Micha setzt mühelos aus den Büschen zurück.

Panayotis hat den Jeep mit dem reparierten Scheinwerfer auf Lamontes Parkplatz abgestellt. Micha will gleich weiterfahren, aber Jörn sagt, komm, auf einen Ouzo noch. Es werden drei. Sie stehen auf der Terrasse und blicken hinab in die Bucht. Mühsame Kletterpartie, sagt Micha; einmal, als ich unten am Strand lag, da kamen doch zwei Jungens die Felsen einfach heruntergehüpft, auf einem Bein, jeder hatte nur einen Turnschuh an. Welches war dein Appartement, fragt Jörn. Dies hier, deins, sagt Micha, eigentlich wollte ich eins von diesen Felsennestern haben, aber Lamonte kommt wohl nicht weiter mit seinem Gemäuer …

Und was machst du auf der Insel, fragt Jörn. Tja, was mache ich auf der Insel, sagt Micha, warum bist du denn hier? Um dich wiederzusehen, sagt Jörn, und beide lachen. In Ahrenshoop, sagt Jörn, meinen die Leute, der Achim lebt nicht mehr. Das meinen sicher der Jan und die Silke, sagt Micha und blickt Jörn an, wie findest du denn Ahrenshoop?

Früher, sagt Jörn, muß es mal so gewesen sein, daß man hätte dableiben wollen. Das hat der Achim auch gedacht, sagt Micha und trinkt sein Glas leer; vielleicht denkt er das immer noch. Aber du bist weg, einfach von der Bildfläche verschwunden, sagt Jörn und erregt sich ein bißchen, so spurlos, daß deine Leute denken … Jörn greift zur Flasche, aber Micha wehrt ab. Ich will los, sagt er, aber du kommst mich besuchen? Jörn bringt Micha hinaus zum Wagen und sagt, es geht mich nichts an, ich bin nicht hergekommen als Detektiv. Fast hätte ich es angenommen, sagt Micha, aber du sagst es ja, der Achim ist von der Bildfläche verschwunden. Der Pickup hinterläßt eine Staubwolke, und Jörn holt sich die Zeitungen aus dem Wagen. Auf der Terrasse stellt er fest, daß sie über eine Woche alt sind.

Sturmböen gingen über das Fischland, und Jörn hatte sich auf dem langen Weg, der vom Hohen Ufer durch die Felder zum Haus führte, regelrecht zurückkämpfen müssen. Es war der letzte Abend in Ahrenshoop. Im Gartenzimmer saß am Tisch der alte Büdner, dem Jörn auf der Dorfstraße ein paar Mal begegnet war. Er trug wie immer die Schiffermütze, unter der sein graues Kraushaar hervorquoll. Silke hatte Tee gekocht, und Jan hatte die Rumflasche auf den Tisch gestellt. Jörn hatte am Tag zuvor den Alten das Gras um den kleinen Gedenkstein wegrupfen sehen, der vor einem Haus an der Dorfstraße steht. Er rührte in seiner Tasse, goß einen Schluck Rum hinein und rührte weiter. Da sieht ja nie einer hin, sagte der Büdner, liegt ja auch wie ein Findling da, und den Namen kennt auch keiner mehr … Partikel, sagte Silke, Alfred Partikel, sagte Jan und schob Jörn den Stapel Kunstpostkarten zu. Jörn nickte; er kannte den Namen aus der Dorfgeschichte und wußte, daß er einer von den alten Ahrenshooper Malern war.

Aber eigentlich kam er aus Ostpreußen, sagte der Büdner, da war er Professor in Königsberg. Aber nach Ahrenshoop kam er zum Malen, und da blieb er dann auch und holte die Familie nach, und gleich hinter der Düne hat er sich dann das Haus gebaut, mit eigenen Händen, damals, zwanziger Jahre. Der Alte besah sich seine fleckigen Hände, bevor er zur Tasse griff und trank. Damals war er ein berühmter Maler, und Partikels wegen war auch der Bildhauer aufs Fischland gekommen … wie hieß er noch? Marcks, sagte Silke, Gerhard Marcks, sagte Jan. Der Alte nickte. Ja, der hatte sich in Niehagen die Büdnerei gekauft, wo seine Zuflucht war im Krieg.

Silke schaute in die Teekanne, goß die Tassen noch einmal voll und ging in die Küche, um neues Wasser aufzusetzen. Jan rückte die Rumflasche in die Mitte des Tisches. Draußen heulte die Sirene auf, und die Männer sahen zum Fenster. Als Silke zurückkam, sagte sie, merkwürdig bleibt mir, daß sich der Achim so für die Geschichte interessiert hat. Der Büdner nickte. Nur wir Alten kennen die Geschichte noch, und ich hab' sie dem Achim erzählt … aber es gibt nichts zu erzählen; keiner kann bis heute sagen, was im späten Sommer damals war. Neunzehnfünfundvierzig. Der Krieg am Ende. Im Juli fing die Schule wieder an, war untergekommen hier in Käthe Miethes Haus. Da saßen mittags die Kinder und warteten auf den Alfred Partikel, der brachte den Kindern das Malen bei. Aber wer nicht kam, war der Herr Zeichenlehrer. Zu Hause war er auch nicht, und die Dorle, seine Frau, wußte auch nicht, wo. Zuletzt war einer im Dorf – der Büdner unterbrach sich und griff nach der Rumflasche – damals junger Kerl, gerade aus Gefangenschaft beim Engländer zurück, der war ich und der hatte Partikel gesehen, am Vormittag, Richtung Darß, Ahrenshooper Holz.

Der Alte trank einen Schluck und sah Jörn an. So heißt

unser Wald, gleich hinterm Dorf zum Bodden hin. Jörn nickte, und der Alte fuhr fort. Partikel war oft im Ahrenshooper Holz, zum Pilzesuchen ging er hin, und das muß auch so gewesen sein an diesem Vormittag, damals im späten Sommer. Bloß ist er nicht zurückgekommen … bis heute ist er nicht zurückgekommen. Das ist die Geschichte, und so habe ich sie auch dem Achim erzählt.

Silke ging in die Küche und kam nach einer Weile mit einer Kanne frischem Tee zurück. Jörn blätterte in den Kunstpostkarten. Er fragte sich, wie Achim die Geschichte aufgenommen hatte … Der Achim, sagte der Büdner, hat dann nur mit dem Kopf genickt; der hat nicht mal wissen wollen, ob denn und könnte denn und wieso und warum, so wie alle hier gefragt haben ein Jahr noch danach. Da hieß es nämlich erst, den Partikel hat der Russe auf dem Gewissen, überall war ja der Russe hier. Aber der Russe hat dann selber Suchtrupps losgeschickt, eine ganze Kompanie, tagelang durchs Ahrenshooper Holz, der ganze Darß zwischen Küste und Bodden. Dann hieß es, müssen Wilderer gewesen sein; die haben den Partikel, vielleicht weil er sie erwischt hat, umgelegt und dann im Wald verscharrt. Aber schießen hat keiner gehört, und gefunden worden ist da auch nie was. Der Gerhard Marcks hat dann gemeint, sein Freund Partikel ist jetzt der Naturdämon vom Fischland hier, wörtlich hat er das gesagt, Naturdämon, das täte gut zu ihm passen, und für den Freund hat er von der Natur auch den Stein genommen.

Draußen auf der Straße war die Feuerwehr herangelärmt gekommen und hielt jetzt vor der Einfahrt zum Haus. Jan lief zur Tür, Jörn hinterher; Silke blies die Kerze im Stövchen aus, langsam stand auch der alte Büdner auf. Die Feuerwehrmänner waren aus dem Wagen geklettert und standen im rotierenden Blaulicht ratlos da. Einige Nachbarn waren dazugekommen und wußten auch nicht, wo es denn brennen sollte. Jeder schaute in eine andere Richtung und suchte einen Feuerschein zu entdecken. Schwarzer Abend. Aber jemand aus der Nachbarschaft hatte die Feuerwehr gerufen, und nicht, weil der Sturm ein Dach fortgetragen, einen Baum aufs Haus geworfen hätte. Sagte der Brandmeister. Schweigend stiegen die Männer in den Wagen zurück, und zurück in die Häuser gingen die Nachbarn. Der Sturm hatte aufgehört; das Rauschen, das in der Luft blieb, kam die Küste hoch vom Meer.

Der Pickup parkt vor dem ersten der drei kleinen Häuser, die kaum sichtbar am Ende der Bucht liegen, zu Füßen der grün überwucherten Felshänge. Jörn rollt von der Straße hinab in das flache, ausgetrocknete Flußbett und steuert den Jeep über das Strandgeröll, das bis an die Gebäude reicht. Micha steht unter dem roten Ziegeldach der Terrasse. Er wartet, bis Jörn den Wagen zum Stehen bringt, dann geht er auf ihn zu. Du hast also hergefunden. Auf der Landkarte, sagt Jörn, führt hier aber kein Weg hin.

Micha läßt Jörn einen Blick in die beiden Räume werfen, die zur Strandseite liegen; sie sind fast leer. In einem hinteren Raum steht ein eisernes Bett; in der Küche dominiert ein großer alter Kühlschrank. Die Wände sind alle frisch geweißt und die Türen wie die Fensterrahmen blau gestrichen. Nicht wahr, sagt Micha, du siehst nicht auf den ersten Blick, daß dies eine Bruchbude ist. Nun ja, sagt Jörn, von außen meint man, die Bewohner kommen selten her.

Micha nimmt eine Flasche Ouzo und eine Kanne voll Wasser mit hinaus auf die Terrasse; Jörn läßt er das Tablett mit Oliven, Käse und Tomatenstücken tragen. Die Terrasse ist mit einem langen, grün gestrichenen Tisch und ein paar bequemen Korbstühlen möbliert; an der Wand zieht sich eine Bank lang. Micha macht eine Kopfbewegung zu den beiden Nachbarhäusern hin. Du siehst, sagt er, wie sie verfallen; da kommen schon lange keine Bewohner mehr. Du kannst einziehen, aber ein paar Wochen hast du mit der Instandsetzung zu tun.

Von der Terrasse blickt man aufs Meer und die breite Strandpiste, die am Fuß der Felsen beginnt und sich an den wenigen Häusern von Platia Amos vorbei zu einer kilometerweit entfernten Landspitze hinzieht. Felsbrocken, Steinfelder, Kieselgeröll, grobe braune Sandflächen – nein, sagt Micha, das ist nicht der feine weiße Sandstrand von Ahrenshoop. Aber dafür auch kein Badestrand mit zehntausend Touristen. Die meiste Zeit bleibst du hier allein.

Und das ist dir auch recht so, sagt Jörn. Micha schüttet die Gläser voll und schiebt ihm das Tablett hin. Greif zu. Sie sitzen eine Weile und schauen auf das ruhig daliegende Meer. In der Ferne verschwimmen im Dunst die Gebirge des griechischen Festlands. Es ist heiß, aber angenehm im Schatten der Terrasse.

Du bist mir also auf die Spur gekommen, sagt Micha. Ja, sagt Jörn, aber ich habe dich nicht gesucht und deine Spur auch nicht. Wirklich nicht? Nein, wirklich nicht, und warum auch. Es gibt, sagt Micha, vielleicht ein paar Leute, die wissen wollen, wo ich abgeblieben bin … wo Achim abgeblieben ist. Plötzlich war er ja verschwunden, und wenn er irgendwo für tot gehalten wird, nun ja, der Achim von früher … den gibt es eben nicht mehr.

Das machst du dir aber sehr einfach, sagt Jörn. Es ist auch sehr einfach, sagt Micha, ich habe gar nicht gewußt, wie einfach das ist. Ich halte mich ja nicht versteckt; ich habe bloß eine Trennung vollzogen, die schweigend verlaufen ist … verstehst du: die Trennung von einem, der Achim heißt und solange der Achim war, bis er, ja, bis er den Raum gewechselt hat. Welchen Raum, fragt Jörn.

Micha schüttet Ouzo und Wasser nach und zündet sich eine Zigarette an. Den Raum, sagt er, in dem wir alle leben, den sozusagen öffentlichen Raum, in dem alles stattfindet, Familie, Gesellschaft, Beruf mit diesem ganzen Ehrgeiz des Weiterkommens und Gelingens, mit dieser Darstellungssucht, diesem Selbstbehauptungswillen ... ach, du weißt doch, wovon ich rede.

Und in welchen Raum ist Achim gewechselt, fragt Jörn. Es hört sich ein bißchen metaphorisch an, sagt Micha, aber es ist dieser schweigende Raum, in dem alles von dir abfällt. Der dich allein macht. Der dich losmacht von allen Angehörigkeiten. In dem du dich unbeteiligt wie ein Fremder bewegst ... aber ich weiß nicht, am Ende ist es ein ziemlich imaginärer Raum.

Die Bucht hat ein kleiner Frachtkutter passiert; nach einer Weile schieben sich die Wellen, die er hinterläßt, in einer sanften Dünung zum Strand. Nach Ahrenshoop, sagt Jörn, hättest du ja wenigstens eine Ansichtskarte schreiben können. Da kennt keiner einen Micha, der Ansichtskarten schreibt, sagt Micha. Er hätte ja einen Gruß von Achim ausrichten können, sagt Jörn.

Micha zerknüllt die leere Zigarettenschachtel und zieht eine neue aus der Hemdtasche. Er reißt sie auf und hält sie Jörn hin. Ich muß über die ganze Insel fahren, sagt Micha, bis nach Kapsali zum alten Varga, der ist der einzige, der diese Antiquität noch im Laden hat. Eigentlich gibt es sie gar nicht mehr. Eine richtige Schachtel mit einer leeren Rückseite, auf der du eine Skizze machen, eine Telefonnummer notieren kannst. Das kenne ich von meinem Vater noch, sagt Jörn, Orientzigaretten, dreißiger Jahre ... schade, ich hätte dir eine Stange von Varga mitbringen können.

Micha gibt Feuer; seine Stimme klingt einen Moment hart. Wenn du mit Anmahnungen hergekommen bist, bin ich die falsche Adresse. Achim lebt hier nicht, er hat nie hier gelebt. Er zieht ein paar Mal an seiner Zigarette und nimmt einen Schluck, dann sagt er leise, ich kann nicht leben als Legende meiner selbst. Achim gehört einem Früher an, überlassen wir ihn der Geschichte.

Ich weiß nicht ... Jörn verzieht das Gesicht und will sagen, daß ihm das ein bißchen pathetisch klingt, aber er sagt es nicht und blickt an dem Mann, der in seinem Alter ist und den er seit Jahrzehnten kennt, vorbei aufs Meer. Der Kutter ist hinter der Landspitze verschwunden, und die Dünung liegt wieder flach.

Tust du was, fragt Jörn. Sicher tue ich was, sagt Micha, die Insel liegt voller Gemäuer, das einmal ein Haus, eine Kirche, eine Siedlung, ein Kastell, eine Hauptstadt gewesen ist. Manchmal sieht so ein Mauerwerk wie aus den Felsen herausgewachsen, wie ein Bestandteil der Natur aus. Da klettere ich herum. Jetzt habe ich eine Höhle entdeckt, in der, im tiefsten Inneren, eine Kirche hineingebaut ist. Wenn ich hinabsteige, ist nie jemand da, aber immer brennen ein paar Kerzen. Gehst du mal mit? Überall versteinerte Lebensspuren. Nicht, daß sie über irgend etwas hinwegtrösten könnten; es sind ja auch Todesspuren, aber so wichtig kommst du dir dann auch nicht mehr vor.

Ja, sagt Jörn und drückt die Zigarette aus. In Ahrenshoop bist du durch die Wälder des Darß gelaufen, hast auf dem Hohen Ufer gestanden und bist in den Bunker hineingekrochen ... Dem Achim an der Ostsee bist du also auch nachgegangen, sagt Micha und steht auf. Noch einmal, sagt Jörn und steht ebenfalls auf, ich bin nicht unterwegs, um nach deinen Spuren zu suchen – aber wenn ich plötzlich, unerwartet, welche finde ... Jörn setzt sich wieder hin; Micha wandert auf der Terrasse hin und her.

Er hatte sich, sagt Micha, für länger ja einmieten wollen,

bei der Silke und dem Jan. Er hatte schon Ausschau gehalten nach etwas Eigenem … irgendeine alte Kate hinter den Dünen. Achim hatte sich verändert, wie verzaubert gefühlt, als er das Fischland entdeckte, damals nach der Wende. Er war sich fast vorgekommen wie einer dieser jungen Maler, die vor hundert Jahren übers Hohe Ufer kamen und plötzlich eine Landschaft vor sich sahen, von der sie gleich nur eines wußten: das ist der Raum, der auf dich gewartet hat.

Micha bleibt vor der Ouzoflasche stehen, schüttet in die beiden Gläser nach und setzt sich auf die Terrassenmauer. Er blickt hinab zu seinen Füßen und sagt, keiner hat Achim sagen müssen, daß er hundert Jahre zu spät gekommen ist. Das wußte er vom ersten Tag an. Aber eine Weile hat er versucht, in seiner Vorstellung all das Vergangene so zu vergegenwärtigen, daß es noch einmal spürbar und sichtbar wird, daß Verschwundenes zum Vorschein kommt. Und dabei suchte er herauszufinden, was an Magie dieser Landschaft innewohnte, daß ein paar Künstler aus den großen Städten von ihr nicht lassen konnten. Welche Art von Licht, welche Farbenwechsel, Schattenlängen, Horizonttiefen sie zu ihren Freiluftmalereien inspirierten. Welche magnetische Kraft sie festhielt auf diesem Landstreifen zwischen Meer und Boden, und was dieses Verharren in der Natur dann bewirkte an Intensität, an Wahrnehmungskraft und Hingabe ans Motiv …

Micha stellt sein Glas auf den Tisch und wandert wieder hin und her. Hast du es herausgefunden, fragt Jörn. Micha bleibt einen Moment stehen und schaut Jörn an. Du kennst das Fischland, sagt er, aber wenn du ohne Imagination fortgegangen bist, bist du nie dort gewesen. Es ist eine Landschaft, die der Geschichte angehört, aber mit deinen Imaginationen belebst du sie. Das hat Achim sicher herausgefunden. Und es ist eine dieser Landschaften, in der du die

Nähe der Täuschungen findest. Das ist Achim passiert. Nicht, daß ihm die Landschaft etwas vorgemacht hätte ... er hatte sich selber etwas vorgemacht. Dann war es nicht, fragt Jörn, der schweigende Raum?

Zwei halbwüchsige Mädchen kommen über den Strand gewandert. An einer Stelle, nahe am Wasser, ziehen sie ihre Schuhe aus und schreiben mit den Zehen große Buchstaben in den Sand. Dann ziehen sie die Schuhe wieder an und gehen weiter bis zum Fuß der Felsen, wo sie beginnen, im Gestein hochzuklettern. Es ist, sagt Micha, eine Art Tagtraum, den du mit dir herumträgst und der sich immer dann verwirklichen will, wenn du plötzlich in eine Umgebung gerätst, in der dein Tagtraum sagt: du bist angekommen; hier ist der Ort, der mit meinen Entwürfen übereinstimmt. Und eine Zeitlang schien Achim die Gewißheit zu haben, daß es so ist, daß er sich durch Bildräume bewegt, die in seinem Inneren längst angelegt sind, verborgen und unerkannt, und die jetzt etwas von ihm erwarten, eine Wahrnehmung, eine Korrespondenz, eine Übersetzung in die visuelle Gestalt ...

Jörn will etwas sagen, aber Micha hält die Hände hoch und spricht weiter. Ich weiß, was du jetzt sagen willst, Jörn, du willst sagen: aber Achim hat doch nichts gemalt in Ahrenshoop. Wo es nämlich hätte heißen können, ach, der abstrakte Achim malt wieder Landschaftsbilder, der alte Aktionist aus Düsseldorf fängt Abendstimmungen überm Bodden ein, der Collageur nimmt wieder den Pinsel zur Hand ... Wann hast du denn zuletzt gemalt, fragt Jörn.

Micha geht ins Innere des Hauses und kommt mit einem Block zurück, dessen Seiten eine Drahtspirale zusammenhält. Einer von unzähligen Skizzenblöcken, sagt Micha, für Ideen, Konzepte, Entwürfe, für Aufzeichnungen und Beschreibungen, Telefonnummern und Adressen. Micha öffnet den Block und läßt die Seiten unter seinem Daumen ablaufen. Leere Seiten, sagt Jörn. Dieser Block ist leer, sagt Micha, sonst würde ich ihn dir nicht zeigen.

Er legt den Block auf den Tisch und füllt die Gläser mit Ouzo und Wasser nach. Es kommt nicht darauf an, sagt er, vor der Staffelei zu stehen und Farbe von der Palette auf die Leinwand zu transportieren ... jedenfalls kommt es mir nicht darauf an. Wenn mir der Sinn nach Farbe und Pinsel steht, dann mache ich die Wände weiß und streiche die Möbel und Türen an. Und worauf kommt es dir an, fragt Jörn.

Hinter einer Felskuppe tauchen die Köpfe der beiden Mädchen auf. Sie sind zum Meer hin gerichtet und verharren einen Moment, dann sind sie wieder verschwunden. Es kommt auf die Bilder im Kopf an, sagt Micha, auf die visuellen Abdrücke, die das Geschehen, die Dinge um uns herum hinterlassen, und wie sie sich vermischen mit der Phantasie, mit den Erinnerungen.

Jörn nimmt den Skizzenblock vom Tisch, blättert ein paar Seiten um und legt ihn wieder zurück. Und du läßt die Zeit entscheiden, sagt er, wie es weitergeht. Micha sagt eine Weile nichts und geht hin und her. Ist das eine Frage, fragt er dann. Jörn schüttelt den Kopf. Die Frage nämlich, wie es weitergeht, sagt Micha, bringt einen nicht weiter. Das ist wie Bohren und Bohren in einem Loch, das längst aufgebohrt ist. Dem Achim war das auch schon klar geworden, und es war seine Situation in Ahrenshoop. Er blickte auch gar nicht mehr zurück; es interessierte ihn eigentlich nicht mehr, was hinter ihm lag – du weißt, was ich meine, was dieser Geist des permanenten Fortschritts war, der Abschied vom Tradierten, das Schleifen von ästhetischen Positionen, der Bruch mit, ja, mit was allem an Regel und Übereinkunft ... nein, der Achim hatte sich von all dem entfernt, bloß, und das war sein Problem, bloß bestand sein Name weiter wie ein Markenzeichen, eine verfestigte Größe auf dem Kunstmarkt, Teilhaber eines Systems, in dem keiner mehr fragt, ja stimmt denn das alles noch überein, steht überhaupt die Person noch dahinter mit ihren Erfahrungswechseln und den Irritationen, die dabei herauskommen, mit ihren tiefsten Unsicherheiten und Zweifeln an der eigenen Identität ... nicht wahr, und so geht es dann mit einem in die Jahre gekommenen Artisten, wenn ihm die alten Kunststücke wie ein durchgespieltes Repertoire vorkommen, nur reine Konvention noch. Wenn er sich irgendwohin in eine Gegend absetzt, wo er für einen Moment die Illusion hat, ein Einzelner zu sein, ein erster, der so etwas wie das Heimweh nach der Landschaftsmalerei entdeckt und rasch merkt, die Gegend hat längst ihre Unschuld verloren, die Claims alle leer, alle Bilder gemalt; kein Nullpunkt mehr, bei dem man anfangen kann ...

Die beiden Mädchen, die zuletzt wie Bergziegen von Kuppe zu Kuppe gesprungen sind, kommen von den Felsen heruntergeklettert. Sie ziehen ihre Schuhe aus und laufen über den Strand bis zu der Stelle, wo sie Buchstaben – ihre Namen, denke ich, sagt Micha – in den Sand geschrieben haben. Die auslaufenden Wellen der Dünung sind darübergeschwemmt, und die Mädchen zeichnen mit ihren Zehen die Buchstaben nach. Mit den Füßen im Wasser ziehen sie über den Strandsaum weiter, so weit, bis sie nur noch als winzige helle Striche zu erkennen sind. Micha zeigt zur fernen Landspitze hin. Wir können den gleichen Weg machen, sagt er, dahinten überm Wasser hat die Insel ihre letzte Taverne. Sagtest du nicht, fragt Jörn, sie machen dort den besten Fisch? Micha nickt und räumt den Tisch leer. Wir gehen, sagt er, wenn die Sonne hinter den Bergen verschwunden ist.

Sie treffen sich noch ein paar Mal. Micha fährt mit Jörn zur Schlucht, zum Weg in die Höhle, in die der kleine Kirchenraum hineingebaut ist. Danach essen sie in der Taverne von Mitata und halten in Kalamos für einen Ouzo beim alten Petros, wo sie in der leeren Halle auf halbzerbrochenen Stühlen sitzen. In der Mittagshitze klettern sie in Milopotamos durch die Waldschlucht zum Wasserfall hinunter; nachmittags fahren sie in die Ruinen von Kato Hora und hocken auf einer Felsnase, hinter der sich das Gebirge öffnet für einen Blick auf das tiefliegende Meer. Micha schlägt noch eine Reihe von Lokalen, Klöstern, sehenswertem Gemäuer vor; Jörn zieht es in abgelegene Buchten zum Schwimmen. Bei Niko treffen sie noch einmal Franz und Louisa. Als Niko eine Runde Wodka bringt, steht Micha für einen russischen Trinkspruch auf, den er aus seiner Schulzeit in der Ostzone kennt.

Über Achim und seine Zeit sprechen sie nicht mehr. Nicht weil mir nach Darüberschweigen zumute ist, schreibt Jörn abends auf seiner Terrasse, aber Micha wendet sich allen Dingen, jedem Detail mit einer Art von Konzentration zu, daß man nicht abweichen kann, daß keine Aufmerksamkeit bleibt für etwas außerhalb seiner Wahrnehmungen. Er scheint völlig eingenommen von der Gegenwart hier, auf eine rigorose Weise, daß es ein Anderswo, die Gegenwart in Deutschland, nicht mehr gibt. Micha kommt mir vor, als realisiere er rund um die Uhr, was hier und jetzt sein Tagtraum ist. Wie lange er das durchhält, ich weiß nicht, denn auf die Dauer legst du deine reale Identität nicht ab. Für eine Weile kannst du das eine Ich gegen das andere austauschen, und mit Orts- und Namenswechsel kannst du dich auf fabelhafte Weise zum Verschwinden bringen, vielleicht für immer sogar, wenn du dich so weit entfernst, daß dich die Schatten des Früher niemals erreichen. Aber dann mußt du gnadenlos sein und alles unterdrücken, was sich in deinem Inneren abspielt, zwischen all deinen Ichs. Das eine will plötzlich seine Rolle nicht mehr spielen, das andere will sie auch nicht übernehmen, irgendeins hat Heimweh und will nach Hause, und noch eins ist den ganzen Schwindel von Anfang an leid. Du kannst mit deinen Täuschungen ja so leben, aber du hast mit ihnen keinen Vertrag, der ihre Treue, ihre Dauer garantiert. Aber so genau weiß ich es auch nicht, schreibt Jörn, das Spiel spielt jeder mit sich allein, und die reale Identität, wie sieht die eigentlich aus …

Panayotis sitzt auf einem Motorrad, als Jörn in den Laden kommt. If you want, you can try, it's a mountainbike … Yes, next year, when I'm younger. You come back? Wait and see.

Panayotis zählt die Tage zusammen, und Jörn bezahlt die Rechnung. Sie verabreden für den nächsten Tag, daß Jörn mit seinem Gepäck zum Flugplatz fährt und den Jeep dort stehen läßt. Danach sitzen sie eine Weile draußen beim Franzosen und trinken Frappé. Als Nissa mit dem kleinen Tilo dazukommt, lädt Panayotis zum Essen ein. Sein Spaghettiteller ist noch halbvoll, als er mit der Familie aufbricht; ständig sind Schweizer und Holländerinnen wegen business an den Tisch gekommen … Wenn du kommst wieder, sagt Panayotis auf deutsch, Panayotis für dich da.

Jörn geht noch einmal über die Uferpromenade, die Laternen sind angegangen; der Wind, der den ganzen Tag durch die Bucht wehte, hat aufgehört. Bei Varga kauft er ein paar Schachteln Zigaretten, die es nur bei Varga noch gibt; jetzt sind auch die Telefonkarten da, und auch der Juwelier hat einen ganzen Vorrat zur Hand und die Zeitungen vom Vortag. Als Jörn zur Landstraße hochsteigt, rollt ihm der BMW mit dem jungen Mann im weißen T-Shirt entgegen; er hupt und blinkt, und Jörn hebt den Arm. Unter seiner Tür findet er ein durchgeschobenes Blatt Papier, die Seite aus einem Skizzenblock. Bevor er die ganze Seite studiert, liest er am Ende, mit einem Gruß von Achim, daß Micha die Insel verlassen hat.

III

Zwei Jahre sind vergangen nach dem Wiederfinden des Robert-Capa-Fotos vom Winter 1944. Inzwischen weiß ich aus der Kriegsgeschichte, daß der amerikanische Fotograf das Bild in der Nähe von Bastogne aufgenommen hat, einem Städtchen in den belgischen Ardennen. Eine Fahrt nach Belgien, das für Rheinländer ein vertrautes, das nächstliegende Nachbarland ist und dessen östliche Höhenzüge eine natürliche Fortsetzung der Eifellandschaft bilden, habe ich mir schon lange vorgenommen. Mitte der fünfziger Jahre war das kleine Land das erste Ausland, das der junge Deutsche nach dem Krieg zu sehen bekam. Seitdem haben einige Reisen Erinnerungen hinterlassen, für die es Zusammenhänge herzustellen gilt. Auf der Landkarte läßt sich die Route nach Bastogne ermitteln, aber den Schauplatz des Robert-Capa-Fotos zu finden, wahrscheinlich ein abgelegenes Gelände, wird schwierig sein. In jedem Fall muß ich im Winter fahren, denn auf dem Foto liegt Schnee in den Ardennen.

Manchmal, eher selten, kommen Leute zu Besuch, die eine Zeitlang als Evakuierte mit im Haus gelebt haben; nach einem Bombenangriff hatten sie in der Stadt keine Wohnung mehr. Das Wiedersehen mit der Zuflucht auf dem Land ruft bei den Besuchern Erinnerungen an die eigenen Erlebnisse und Wahrnehmungen wach. Danach ist das kleine Gehöft ein großer Bauernhof gewesen mit einem Haufen Tiere und viel Landwirtschaft. Zugleich sollen die Zimmer so winzig und eng gewesen sein, daß man sich ständig gegenseitig auf die Füße trat. Ewig dunkle, kalte Räume; gab es überhaupt schon elektrisches Licht, fließendes Wasser? Von der Einrichtung, der Lage der Räume, dem Zustand der Nebengebäude, von Nachbarn und Umgebung wird auf eine Weise erzählt, daß man sich fragt, ob sich der Besuch nicht in der Gegend vertan hat. Obschon es sich aber um das nämliche Haus handelt, ist es in seiner Geschichte, wie sie jeder der Bewohner, und jeder der Besucher, im Kopf hat, doch immer ein ganz anderes Haus. Selbst auf den alten Fotos, man sieht es ihm nicht an.

In früheren Kriegen spielte der Winter oft eine entscheidende Rolle. General Frost, hieß es dann, habe eine Offensive zum Erliegen gebracht, den Rückzug befohlen, die Fronten erstarrt. Der alte Stratege kommt in den heutigen Kriegsnachrichten nicht mehr vor. Er hat wohl endgültig abgemustert, und seine Waffe, der lähmende Schnee, reicht bis zu den Wüsten nicht hin.

Die Zahl der Toten, die man im Sommer noch lebendig in ihren Gärten gesehen hat, nimmt zu. Die meisten, wie es sich gehört, sterben zu Hause im Bett. Die Glocken läuten. Einer, der es nicht wahrhaben will, sagt, der Tod klopft an der falschen Tür. Ein anderer, nicht mehr der jüngste, sieht die Einschläge näherkommen. Das märkische Dorf, das ich jeden Sommer besuche, habe ich in diesem Sommer nicht besucht. Die Versäumnisse nehmen zu. Aber im nächsten Sommer wieder. Der Tod soll bitteschön im Apfelbaum warten.

Das Haus liegt im Dunkel. Spät komme ich heim. Ich taste nach dem Holzriegel des Hofgatters, das unter hängenden Ästen, zwischen Buschwerk sich versteckt. Das Hoflicht springt an; jetzt liegt das Haus, der Weg zum Haus, im Hellen. Für den auch, der nach Hause kommt, ist nachts der Bewegungsmelder da, eine Installation, die willkommen heißt.

Längst ist die weibliche Stimme, die nachts auf Langwelle Code-Zahlen durchgab, verstummt; verstummt ist, nach seinem Ende, eine Feindes-Stimme im Kalten Krieg. Das Dauergeräusch des akustischen Mediums heute macht vergessen, daß das Radiogerät stets auch ein Instrument des Krieges war. Radiohören galt als Verbrechen, wenn man den Feindsender hörte. Der Vater tat es heimlich; seinem kleinen Sohn hatte er Bescheid gegeben, sich vom Radio fernzuhalten. Der Junge hielt sich nicht daran. Sobald er alleine in der Wohnung war, machte er es dem Vater nach und tat das Verbotene. Es gruselte ihn, die Stimme des Feindes zu hören. Unbekannte Lust überkam ihn beim Hören der feindlichen Musik. Das Radiogerät stand, fast versteckt, in der untersten Reihe des Regals. Zumeist war es stumm, aber fortwährend bewirkte es Furcht und Faszination: der Feind war unsichtbar im Zimmer.

Auch in den Wäldern hielt er sich versteckt. Wenn der Junge im Winter heimlich Holzschlagen ging, machte er sich stets auf Feindberührung gefaßt. Der einzige, der ihn hätte stellen können, war der Förster. In jedem Fall galt es, Schleichwege zu suchen, Hinterhalt zu erwarten, zu spähen, zu sichern, in Deckung zu gehen. In der Regel kam der Junge unbehelligt heim. Es war eine einfache Notwendigkeit, Brennholz zu beschaffen, aber in seiner Vorstellung kam er heim wie von einem Fronteinsatz.

Einmal betrat ich eine leere Kirche; ich hatte draußen das Orgelspiel gehört. Die Organistin oben auf der Empore hörte gleich mit Spielen auf: sie hatte nicht gesehen, aber gespürt, daß jemand im leeren Kirchenraum stand.

Später, als Jörn von Achim erzählte, ging mir durch den Kopf der Maler, der am Fenster steht und in den Garten schaut.

Im Inneren der Scheune ist es still und trocken, und es kommt kein Lebewesen vor.

Jetzt fließt auch der Kreisverkehr durch die Dorfmitte, und das Stauzentrum ist keines mehr. Es hat sich aufgelöst in ungehemmte Bewegung, die lediglich die Vorfahrtsgebote regulieren. Das jeden Verkehrsfluß nur aufhaltende, in Stoßzeiten weit zurückdrückende Ampelsystem hat hier abgedankt. Gleichsam natürlich fädelt ins Rondell, in dessen Mitte nachts illuminierte Wassergebilde aufschäumen, der Verkehr sich ein und wieder aus. Den Leuten im Dorf kommt das simple Bauwerk wie ein Wunder vor. Ein chaotischer Zustand ist in kürzester Zeit – selbst die Bauzeit wurde wider alle von Hohn und Häme begleitete Negativerwartung unterschritten – in einen Zustand der Erlösung übergegangen, der Befreiung von Streß, Kollaps, Zeitverlustängsten. Geruhsam kreiselnder Alltag ist in die Dorfmitte eingekehrt, und auch die Zebrastreifen bilden keine Barrieren, so viele Fußgänger gibt es nicht. Was sagt unser Städteplaner? Er bleibt dabei, daß die Stadt zum Land hin unterwegs ist. Daß Ballungsräume dabei entstehen mit einem Verkehrsaufkommen, welches Probleme mitbringt. Daß es darauf ankommt, diese Probleme zu lösen. Zur Lösung der Probleme trägt die Einrichtung des ampelfreien Kreisverkehrs bei. Jedenfalls scheinbar, denn die Verkehrsdichte nimmt zu.

Die Wanderkarte weiß nicht, wo hier die Flakgeschütze standen.

Als die Mutter des jungen Bestattungsunternehmers gestorben war, spielte, während der Sarg zur Kirche hinausgetragen wurde, die Orgel das Lied vom heimwehkranken Kölner, der, in der Ferne an die Heimat denkend, zu Fuß direkt nach Hause gehen möchte.

Und der Schneeball, der hart wie ein Stein die Schläfe traf, war ein Stein, im Schnee versteckt.

Sandwege. Ziegelmauern. Birkenwäldchen. Barackenreste. Schlaglöcher. Dahlien. Stacheldrahtzaun. Pappelreihen. Verrostete Gleise. Backsteinscheunen. Panzerplatten. Pension Seeblick. Traktorspuren. Sperrbezirk. Schilfufer. Kreisender Milan. Betonpiste. Storchennester. Bauwagen. Dorfanger. Getränkestützpunkt. Teltower Rübchen. Gaststätte Einheit. Kiefernwälder. Feldsteinkirchen. Pfifferlinge. Anglersteg. Fliegende Enten. Bahnhofstraße. Leiterwagen. Rampe. Lichtmasten. Datschenkolonie. Chausseen Chausseen. Abendröte. Rauch. Windkraftanlagen. Kettenfähre. Schleusenzeiten. Spreewaldgurken. Ziegelei. Straßengräben. Nasse Dachpappe. Radarkontrolle. Brikettügel. Minol-Tankstelle. Futtermieten. Sowjetstern. Gewerbeflächen. Schloßruine. Alleen.

Rindfleisch wieder bei neunzig Prozent.

Früher Nachmittag in einem Stall. Der Junge sieht, wie die Hand der Mutter über den Deckel der Futterkiste geht. Fingerdicker Belag aus Staub, Stroh und Hühnermist. Der Finger der Mutter kratzt und kratzt, und es erscheint das achtzehnte Jahrhundert.

Das Zimmer des Jungen hatte für kurze Zeit eine russische Militärärztin requiriert. Als sie auszog, ließ sie auf dem Bett des Jungen einen Kopfkissenbezug zurück, der mit Teeblättern gefüllt war.

Die Meise schimpft nicht. Sie verteidigt ihre Interessen mit Gesang.

Das Meer rückt vor und liegt jetzt zwischen Wiesenrand und Straße.

Dunkel ist der Abend da, und in den Fensterscheiben spiegeln sich die Stühle, Tisch und Bank.

Inzwischen ist es so, daß man beim Wiedersehen mit einem alten Bekannten, den man zufällig auf der Straße oder unversehens in größerer Geselligkeit trifft, den Namen nicht immer gleich parat hat.

Aber die Tochter hatte doch einen Freund, und immer noch kommt er bei der Mutter auf einen Besuch vorbei.

Ein völlig spinnverwebtes Fenster.

Das Porträt der Großmutter zeigt ein Gesicht, das den Betrachter unbewegt und ernst anblickt; es verschließt sich jedem Gefühl, allen inneren Regungen. Entstanden ist das Porträt, als alle in der Familie noch lebten. Es war die Zeit, in der es im Haus unbeschwert und munter zuging. Der Junge kannte seine Großmutter als großzügige und heitere, gesprächige und ruhelose Frau. Er stand neben ihr und half die Schreiende festhalten, als sie dem Großvater ins offene Grab hinterherspringen wollte. Da hatte der Krieg ihr schon die beiden Söhne genommen, und die Tochter lebte auch nicht mehr. Enttäuschungen, Zerwürfnisse, Trennungen hatten ihr das Familienleben beschädigt. Zuletzt lebte sie allein im Haus. Auf dem Porträt sieht die Großmutter aus, als habe der Maler, der aus Rußland nicht heimgekehrte Sohn, alle Verhärtungen und die Bitterkeit des langen Überlebens vorweggenommen.

Einmal träumte ich, mir wäre die Verwirklichung eines alten Wunschtraums gelungen, nämlich im Traum Fotos zu machen, die am folgenden Tag das Geschehen dann dokumentierten. Die Fotos bekam ich aber während des Traums schon zu sehen, nur zeigten sie mir nicht das gerade Geträumte, sondern Geschehnisse aus ganz anderen, mir unbekannten Träumen. Bevor ich aufwachte, sagte mir mein Traum, er selber ließe sich nun einmal auf Bildern nicht festhalten. Aber im Raum der Nacht wären gleichzeitig unzählige Träume unterwegs, und meine Fotoserie zeigte mir eine kleine Auswahl dessen, was im Reich der Träume alles passiert.

Die Schulhefte, die der Junge benutzte, sind verlorengegangen. Manchmal, wenn Besuch am Tisch saß, las der Vater daraus die Aufsätze vor. Das Gelächter, das dann ausbrach, verstand der Junge nicht. Es verstörte ihn, er hatte doch nichts Lustiges geschrieben, und seine Handschrift wurde immer schlechter, fast unlesbar.

Jetzt ist der Himmel hell, und ins Helle ragt das Dach des Hauses, dessen Hof im Dunkel liegt.

Inzwischen sind die Rosen zurückgeschnitten worden, danach sind sie wieder hochgewachsen.

Versunken in Gedanken, kann man doch aufstehen und nach dem Ofen schauen, ein paar Holzscheite nachlegen. Eine ziemlich bewußtlose Tätigkeit, die nicht ablenkt; eher bringt sie die Gedanken, wenn sie nicht weiterkommen, wieder in Bewegung.

Am folgenden Abend, im Februar damals, war sie wieder da, die Moderatorin; ich hatte eher erwartet, daß sie mit Fieber im Bett liegen und der Kollege einspringen würde. Ihre Stimme durchzog noch ein Hauch von Heiserkeit; der Pullover, den sie trug, war schwarz, am Abend zuvor war er rot. Aber dann, während sie zu sprechen begann, versank das Studio in einer Dämmerung, in der von ihrem Gesicht nur ein fahler Schimmer blieb. Sie sagte dann auch, was jeder Zuschauer sehen konnte: ich glaube, ich bin hier etwas im Dunkel. Wieder eine Panne, die eine spannende Sendung versprach, aber nach ein paar Momenten kam ins Studio die Helligkeit zurück, und ihre Stimme blieb fest, als sie die neuen Desaster meldete.

Der Junge erstarrte, als er mitten in der Küche das tote Reh liegen sah. Der Jäger, der es geschossen hatte, ging einem kaufmännischen Beruf nach, der ihn vor Einberufung und Fronteinsatz verschonte. Er hantierte mit seinem Gewehr. Auch als Zivilist müsse man beweisen, daß man mit der Waffe umgehen könne.

Jetzt in der Zeitung die Bilder von einem Ferienort, den Terroristen sich ausgesucht haben.

Bald schneit es ja wieder.

Der Bussard kommt zurückgeflogen; bald sitzt er auf dem Zaunpfahl.

Manchmal wird die Familienserie unterbrochen; dann kommt sie aus dem kleinen Auto, in dem der Nachbar davonfährt.

Der Schlesier erzählt, daß er ein eigenes Haus hat, ein altes Haus in Gleiwitz.

Im Keller gehe ich Kartoffeln holen. Die Kartoffeln, die der Junge im Keller klaute, gehörten in die Küche der russischen Offiziere. Der Posten, der den Keller bewachte, hatte sich herumgedreht und drehte sich eine Zigarette.

Nur weil ich vergessen habe, daß im Bericht aus dem ersten Kriegswinter der betreffende Offizier bereits erwähnt worden ist, hat sich sein Auftreten wiederholt.

An der Kasse im Einkaufsmarkt steht ein Bekannter, der immer von der gemeinsamen Schulzeit erzählt. Er war aber in einer weit unteren Klasse. Jetzt erzählt er, daß er aus dem Hessischen kommt. Dort hat er mit Leuten zu tun, die sich als seine Partner verstehen. Sie diktieren die Bedingungen, weil sie am längeren Hebel sitzen. Sein letztes Projekt hat sich schlecht vermitteln lassen. Die Partner sagen, so der Mann, es liegt am Projekt. Der Mann ist nicht mehr jung; er sagt, das ist von Nachteil für alles, was sich mit meinen Projekten verbindet. Die Partner sagen dazu nichts, aber sie drehen die Schraube fester. Der Mann, einst ein gefragter Mann, fragt sich jetzt, was soll ich tun; soll ich, kann ich noch die Partner wechseln ... Zu spät, weiß der Mann und erzählt, wie die Partner ans Fenster treten und lächeln.

Wieder geht das Telefon, unten im Haus. Sekunden später läutet auch das kleine Mobilgerät, das auf dem Tisch liegt. Sicher, ein Experte könnte mir die Zeitdifferenz zwischen beiden Signalen erklären. Als Kind hätte ich mir vorgestellt, daß der Ruf von unten im Haus sich erst auf den Weg machen muß, die Treppe hinauf, ins Zimmer hinein, bevor er im Mobilgerät oben ankommt und sein Lautzeichen abgibt.

Der Deutsche Wetterdienst sagt, daß im Gebirge die Schneedecke altert.

Wir haben ein Wetter, bei dem man jeden Tag hinausgehen kann. So ähnlich sagt es der Engländer vom Klima seines Landes. In Gummistiefeln stapfe ich durch den Sumpf der Wiesen und sehe, was der Sturm an Zweigen und Astwerk heruntergerissen hat. Die umgestürzte Zypresse hat ein paar Büsche zerschlagen. Wo der Pächter Mist ausgefahren hat, ist ein Rudel Krähen gelandet. Fahl steht die Wintersonne zwischen zerrissenen Nebelfeldern. Die Luft riecht nach Schnee, aber kein Schnee ist in Sicht. Jeden Tag ein paar Schritte zu gehen, habe ich mir vorgenommen. Wenn ich durchhalte, komme ich jeden Tag ein paar Schritte weiter. Ich meine die Umgebung zu kennen, aber unterwegs zweifle ich, ob es die gemeinte Umgebung ist.

Einmal habe ich von der Erfindung eines Apfels erzählt. Es war aber keine Erfindung, denn es gibt ihn wirklich, den Apfel, der Kaiser Alexander heißt. Der Baum stand im Garten der Großeltern, und der Junge glaubte, er stünde für ihn allein da. Er war süchtig nach der saftigen, süßsauren Frucht. Jahrzehnte später wünschte ich, den Baum auf der Obstwiese stehen zu haben. Aber in keiner Baumschule wuchs der Kaiser Alexander heran; man kannte den Namen gar nicht; in keinem Gartenbuch tauchte er auf. Meine Erinnerung hatte ihn offenbar erfunden. Nur Freundin Meggy ließ sich nicht beirren; sie vertraute der Erinnerung und glaubte der Erfindung nicht. Tief im Süddeutschen entdeckte sie eine Baumschule, welche die scheinbar ausgestorbene Sorte noch aufzog, und jetzt, jetzt stehen gleich drei junge Stämme auf der Wiese. Äpfel im Überfluß; den Kaiser Alexander haben sie mir nicht ersetzt, aber wir wissen noch nicht, ob er den Geschmack von damals hat, die Sucht der Kindheit erneuert.

Kann es sein, daß die alte Dame nicht mehr fährt?

Argonnerwald.

Die Beschreibung eines Traums geht von Bestandteilen aus, die erst in der Beschreibung einen Zusammenhang finden.

Nach diesem Regen hat sich die Landkarte verändert.

Noch immer bis heute.

Ruhige Nächte im Frühjahr, Richard lebt nicht mehr. Im nächsten Frühjahr denke ich, jetzt höre ich das Echo seiner Schreie. Bis wir Nickel besuchen gehen und er uns Seine Majestät vorstellt, Richard II.

Später, als wir einmal in Altenberg fragten, wie denn die Mönche wohl den langen Weg nach Zinna gefunden hätten, zeigte man nach Burscheid hoch, Auffahrt A 1, Richtung Dortmund bis Kamener Kreuz, A 2 Richtung Hannover, Richtung Berlin, Transitstrecke einst, Abfahrt Ziesar, B 107,

B 102, Richtung Jüterbog, Richtung Luckenwalde, B 101, ohne Stau sieben Stunden.

Und was sagt das Gedächtnis; hat es das Schauspiel der Natur festgehalten? Das Gedächtnis ist ein stummes Archiv, in das nur die Erinnerung Leben hineinbringt, oder anders, aus dem sie ihre Bilder hervorholt, zum Beispiel das Bild eines Lichtwechsels, der sich so rasch vollzogen hat, daß die Erinnerung, wieder einmal, sich nur mit Erfindungen helfen kann.

Der Amerikaner hatte Freunde, für die es in den fünfziger Jahren noch die Bezeichnung Bohemiens gab. Sie wurden auch Hungerkünstler, verkrachte Existenzen genannt. Sie schlugen sich als Nachtportiers, Fensterputzer, Laternenanstreicher, und wenn sie als Arrivierte galten, mit Reklamemalerei durch. Wer in den Ruinen der Innenstadt wohnte, hatte sich einen Dachboden hergerichtet, einen Keller freigelegt; einige hatten Behelfsheime und Baracken bezogen, hausten in Schrebergärten, Zirkuswagen und Baubuden des Reichsarbeitsdienstes. Für eine Woche Geld in der Tasche, das mußte erst mal gefeiert werden.

Will ich denn wissen, was da drin ist in den alten, noch immer unausgepackten Kartons?

An der Haltestelle, die auf freiem Feld lag, stieg der Mann, der vorne aus dem Omnibus geklettert war, hinten wieder ein.

Und als die Amerikaner kamen, erzählte die Berliner Freundin, als dieser Benzingeruch in der Luft hing, da wußte ich, so riecht die Freiheit.

Der nächste Sperrmülltermin rückt näher. Vielleicht kann jetzt der älteste der drei ausrangierten Grillöfen weg. Aber muß ich mich von der zerbeulten Schubkarre trennen? Kann man nicht die klapprigen Gartenstühle noch einmal streichen? Fühlt sich jemand gestört, wenn auf dem Heuboden die verrosteten Ofenrohre liegen? Und die alten Dachrinnen, irgendwann braucht man sie plötzlich wieder. Oder die Zinkwanne, wer hat denn noch eine Zinkwanne? Den Griff kann man löten. Das Tischbein kann man leimen. Die Leiter braucht nur ein paar Sprossen. Und genau besehen, der Grillrost tut es noch, Ersatzteil für alle Fälle.

Die Eisenpfähle sollten auch schon mal weg.

Prosa und Szenen, S. 258, Wiesbaden 1959.

Wir in England, sagt der Engländer, haben seit vierhundert Jahren Wiesen, die wir oft im Regen mähen.

Plötzlich, am nächsten Morgen, nachdem es über Nacht getaut hatte, waren die grünen Triebe der Osterglocken unterwegs. Plötzlich heißt, seit ein paar Tagen. Wenn man nicht fortwährend hinschaut, bekommt man nicht mit, wie lange Zeit das Plötzliche schon da ist.

Was ist los? Die Dorfsirene geht, und nichts rührt sich, keine Feuerwehr, alles still.

Da steht, im Nachbargarten, ein Reiher auf der Randmauer des kleinen Teichs, in dem die Zierfische schwimmen. Er steht schon den ganzen Nachmittag und äugt ins Wasser. Am nächsten Tag steht er immer noch da. Ich schleiche zum Zaun und sehe, wie der Nachbar den Vogel hochhebt und wieder hinstellt, ein Stück weiter. Nicht wahr, sagt der Nachbar, sieht doch wie ein echter Reiher aus, wie er dasteht und seinesgleichen fernhält.

Jörn sitzt in seinem kleinen Atelier und rührt sich nicht. Dann sagt er, hier muß aufgeräumt werden. Das hat er schon oft gesagt, aber immer ist ihm eine andere Beschäftigung dazwischengekommen, oder er ist wieder auf Reisen gegangen. Zurückgekehrt, hat er die Reiseunterlagen, alle die Quittungen, Rechnungen, Stadtpläne und Landkarten zu den alten Ansammlungen gelegt; jetzt schiebt er die Bestände hin und her und sucht sich in der Zeit zu orientieren. Es geht alles so schnell, sagt er, und ich denke, das war früher nicht so. An seinen letzten Berliner Bericht möchte er schon gar nicht mehr erinnert werden. Inzwischen, sagt er, ist bereits wieder alles ganz anders; jedesmal ist wieder alles ganz anders. Sonst in Berlin kam ich mir wie ein Besucher vor, der gar nicht weggewesen war. Die Leute, die ich kannte, saßen immer noch in denselben Lokalen, und wenn ich mich danebensetzte, war es mein alter Stammplatz. Kein Ort, wo man nicht gleich die eigenen Spuren fand. Längst wartet da auf einen keiner mehr. Die alten Gesichter, wo sind sie eigentlich abgeblieben, und die neuen Gesichter, sie schauen ständig nach neuen Gesichtern aus. Ein dauerndes Einflattern, Ausflattern, und wenn es heißt, das war in dieser Stadt doch immer so, dann war es eher ein Kommen und Gehen, das wie in einem Kreis verlief. Aber der Kreis ist zerrissen, es gibt den Zusammenhang nicht mehr. Vielleicht gibt es neue Zusammenhänge, es gibt sie ganz sicher, aber die alten Bewohner gehören nicht mehr dazu, die alten Besucher schon gar nicht, und einander sind sie fremd geworden. Und so geht es inzwischen, wenn einer der ältesten Besucher in die Stadt kommt: er weiß dann nicht so recht, wo er sich sehen lassen soll. Er ruft ein paar alte Freunde an; es meldet sich der Anrufbeantworter. Er geht zu Franz Diener, da hat sich ja nichts verändert, da sitzt er allein. Kommt spät ein grauhaariger Bekannter, bedenkt man skeptisch die Faszination des Neuen, beklagt man den Verlust des Alten. Zuletzt kommt der Bescheid: du mußt dich entscheiden, entweder bleibst du für immer weg, oder du bleibst für immer in der Stadt, denn sonst begreifst du bald gar nichts mehr. Jörn zieht einen alten Stadtplan hervor. Da sind, sagt er, noch die Grenzübergänge verzeichnet. Er wirft den Stadtplan in den Papierkorb. Nach einer Weile holt er ihn wieder heraus. Er sagt, wo einmal die Mauer, die Grenzübergänge waren, das weiß auch schon keiner mehr.

Und dies ist die Niederschlagskarte des Königreichs Jugoslawien. Hier sind verzeichnet die Elemente der Geländelehre. So verlaufen die Wege der Getreideausfuhr, die Ausfuhrwege der Baumwolle. Hier geht es um Rassenverteilung und den Weltseeverkehr. Dort sind die britischen Kabellinien verlegt. Weiter östlich kommt der Unglückshäher vor. Hier haben wir das Protektorat, dort das Generalgouvernement. So sieht ein Kärntner Hof in Streulage aus. Durchgehend wird die Umbenennung von Orten berücksichtigt. Greifswald und Gotha, im November 1944.

www. dradio. de

Hacke ist gekommen, der junge Gartenbaumeister. Mit schiefgelegtem Kopf schätzt er den Winkel ein, in welchem sich der große alte Birnbaum dem Haus zuneigt. Der Stamm steht zur Hälfte ohne Rinde da; das nackte, von tiefen Rissen durchzogene Holz klingt hohl ... das macht der riesige Hohlraum, der hinter dem faustgroßen Loch das Innere des

Stamms einnimmt. Eine Weile schon haben wir den Zustand des Baums bemerkt, aber nicht recht wahrhaben wollen. Er gehört eben, wie ein Wahrzeichen, zur Umgebung des Hauses; im Sommer sitzen wir in seinem Schatten, den er über Wiese, Gartentisch und Liegestühle ausbreitet. Das kann gefährlich werden, sagt Hacke, der nächste Sturm, und der Baum schlägt aufs Dach ... aber auch ohne Sturm, so ein ausgehöhlter Stamm kann mir nichts dir nichts von allein zusammenkrachen. Die Leiter, die er anlegt, kommt mir reichlich kurz vor, aber Hacke, um nahe am Stamm zu bleiben und in mittlerer Höhe sich anseilen zu können, klettert langsam von Ast zu Ast in den Baum hinein. Unterhalb der Spitze macht er ein zweites Seil fest und startet die Motorsäge. Während sich das Sägeblatt mit seiner rasenden Kette ins Holz frißt, beginnt der Baum bedrohlich zu schwanken, aber dann kippt die Spitze auch schon weg und schwebt am Seil langsam in die Tiefe. Unten nehme ich das Astwerk in Empfang, gebe das Seil wieder frei, und Hacke macht weiter, indem er Ast nach Ast vom Stamm trennt und am Seil herunterläßt. Zuletzt trägt er den astfreien Stamm Stück um Stück ab. Sicher ... Hacke lächelt und nickt, als er wieder auf der Wiese steht, manchmal genügt das Gewicht eines Schmetterlings, um so einen hohlen Riesen zu stürzen ... aber deshalb lasse ich auch keinen meiner Leute da hoch. Er zersägt noch das herumliegende Holz in handliche Stücke, dann schaut er die fünf Meter an, die er vom Baum hat stehen lassen. Ein Specht hüpft im restlichen Astwerk herum und bleibt dann oben auf der glattgesägten Stammfläche sitzen. Dafür ist der Baum jetzt da, sagt Hacke. Er pflanzt lieber Bäume, und er zögert immer eine Weile, bevor er in die Ruine eines Baumes steigt.

Zwischen Winter und Sommer befindet sich der Frühling. Hinter seinem Rücken schneit es, und sein Gesicht wärmt die Sonne.

Die Katasterkarte von 1821 verzeichnet die Lage der Grundstücke und den Verlauf ihrer Grenzen. Die Flurnamen lauten Im alten Hofe, Aufm Kämpchen, Auf der Schlader, Heide.

Der Junge, um die Zeit aufzuschieben, knabberte den halben Nachmittag lang an seinem Apfel.

Einmal fragte ich in einem Möbelgeschäft nach einem Rauchtisch. Der junge Verkäufer ging zu dem älteren Verkäufer hinüber, und ich sah, wie dieser eine Weile nachdachte und dann den Kopf schüttelte.

Die Füße bleiben jetzt trocken, wenn wir auf den Ziegelplafond der neuen Terrasse hinaustreten. Keine rutschenden Gummistiefel mehr im Glitsch, den selbst der Morgentau auf dem Wiesenstreifen hinterließ. Und bis in den Abend behalten die Ziegel die Wärme, die sie tagsüber von der Sonne aufgenommen haben. Mit bloßen Füßen wandern wir auf und ab. Was sollen wir noch im Süden ... die italienische Terrasse beginnt gleich hinterm Haus.

Kein Traum, als ich im Kalender sehe, daß heute morgen der Termin beim Zahnarzt war.

Auf der einen Seite stand die Frage: Warum hüpft der Sperling über den Weg? Auf der nächsten Seite stand die Antwort: Weil er auf die andere Seite will.

Alle Köpfe duckten sich; Glenn Miller spielte einfach weiter.

In der Scheune hängen im Gerätewinkel noch drei Sensen aus der Zeit, als die Hausfrau, zusammen mit der Tochter, das Heu machte, das Winterfutter für die Schafe. Das Holz der beiden Griffe ist hart und glatt vom langen Gebrauch. Rost hat den Glanz der Sensenblätter abgestumpft. Es gibt Stellen im Gelände, wo sich der Gartentrecker nicht bewegen kann; dort, im Hohlweg zur Straße hinab, in den kleinen Schneisen zwischen den Fichten, in die Höhlungen unterm Gebüsch, dringt man nur mit der Sense ein. Wenn das Gras kniehoch steht, es hilft nichts, nehme ich das Werkzeug vom Haken, zumeist das mit dem kurzen Sensenblatt. Der Großvater erinnert mich, wie der Schleifstein mit raschen, kurzgezogenen Strichen an beiden Blattseiten entlangzuziehen ist. Den Onkel höre ich mahnen: keine Kniebeuge, kein Latrinenhocken, gerade halten, Oberkörper leicht beugen, Arme vom Rücken her seitwärts ausschwingen, Sense flachhalten, waagerecht schneiden ... Es hilft nichts; auch der Nachbar hat es mir noch einmal gezeigt und schüttelt jetzt den Kopf: die Sense sticht die Erde auf, haut Löcher in die Luft. Der Anfänger, der ein Anfänger bleibt. Erst in den Brennesseln, die eine weniger subtile Technik verlangen, kennt er kein Versagen. Hier sind ganze Plantagen umzulegen, hier wird der Dschungel gerodet, hier schlägt sich der Mann seinen Weg.

Die rote Spur im Treppenhaus führte hoch ins Kinderzimmer bis ans Bett, in dem das Mädchen lag.

Wie es heute weiterging? Abends war der Morgen nicht mehr da.

Aber monatelang ist überhaupt keine Stromrechnung gekommen. Als ich endlich reklamierte, lachte der junge Mann und sagte, kein Problem, unser neuer Computer muß noch lernen, wie es in alten Häusern zugeht.

Das weiße Bild. Es ist das Bild des Schnees, der eine Fläche bedeckt. Die Fläche kann die Tundra, die Lüneburger Heide, die Mielenforster Wiese, der Rasen im Olympiastadion, ein Schulhof, der Parkplatz hinter der Düne, der zugefrorene Wannsee, ein Feld in Belgien, die gesperrte Rollbahn, ein leerer Fabrikhof in Dellbrück, bergisches Weideland, ein Uferstück der Oder, geräumtes Kasernengelände, die Terrasse hinterm Haus sein.

Bleibt das Futterhäuschen leer, kommt auch gleich kein Vogel mehr.

Unten im Dorf haben wir einen freundlichen Tankwart. Er schaut sich die Reifen an und fragt, ob ich das Auto zum Fliegen benutzen will.

Später traf ich die Absenderin nach einer Beerdigung. Es gab keine Gelegenheit, länger zu sprechen. Sie sagte, sie hatte eigentlich noch einen Brief schreiben wollen, aber es ging nicht, weil ihr die Freundin gestorben war.

Dann kommen die leeren Seiten.

Leere Seiten, sagt Jörn, halte ich nicht aus.

Im Briefkasten liegt Post für Jörn, eine schriftliche Verwarnung aus dem Landkreis Mecklenburg-Strelitz. Als Ordnungswidrigkeit wird ihm bzw. dem Führer seines Fahrzeugs vorgeworfen, zu bestimmter Zeit an bestimmtem Ort auf der B 198 die zulässige Höchstgeschwindigkeit überschritten zu haben; als Beweismittel dient das Foto. Das Schreiben ist mit drei Fotos bedruckt. Man sieht einen Ausschnitt allein mit dem Kraftfahrzeugkennzeichen. Ein zweiter Ausschnitt zeigt Jörn, wie er scheinbar überrascht und geradewegs in die Kamera blickt. Auf dem dritten Foto sieht man die Landstraße, den hellen Mittelstreifen und in der Totale den weißen Wagen. Jörn sitzt am Steuer. Die Hälfte der Windschutzscheibe wird von einem weißen Rechteck verdeckt, einer ins Foto montierten Leerfläche, die das Erkennen einer mitfahrenden Person verhindern soll. Diskret, nicht wahr? Auf dem Foto ist schwarze Nacht. Es war aber ein Vormittag, sagt Jörn und liest die Uhrzeit vor, neun Uhr dreiundvierzig.

Die neuesten Beiträge zur Heimatkunde berichten von Geschehnissen, die sich in der Gegend ereignet haben, vor über einem halben Jahrhundert. Viele Zeitzeugen kommen zu Wort; alle erzählen von Schrecken und Nöten. Sie alle waren damals Kinder; einige fragen sich, warum sie erst jetzt, im Alter, darüber sprechen.

Wenn Krisengebiete aus den Nachrichten verschwinden, denkt man gleich, die Krise ist behoben.

Die Autobahn führt nach Osten. Der Gleiwitzer ist nach Polen gefahren. Das Haus. Ohne sein Auto ist er zurückgekehrt. Diese Polen, sagt er, haben mir den Bully geklaut.

Die beiden Männer, die aus dem Dickicht hervorgekommen sind, nach kurzer Zeit sind sie im Dickicht wieder verschwunden.

Noch immer nicht ist der Waschbär aus seiner Unsichtbarkeit herausgekommen. Dafür ist, versehen mit einem Kommentar (WASHES ALL ITS FOOD IN WATER BEFORE EATING), Bobs Zeichnung wiederaufgetaucht.

Der leere Verschlag über der Treppe ist gerade so geräumig, daß ein Mann darin sitzen oder liegen kann.

Du bist ja richtig davongeflogen, sagte die Mutter, als der Junge auf seinen Schlittschuhen heimgestakst kam.

Geschnatter in der Luft kündigt an, daß sich wieder ein Hubschrauber nähert. Aber er bleibt unsichtbar und überläßt den Luftraum dem Bussard, der hoch über den frischen Maulwurfshügeln kreist.

Lissy sagt, do kumme jetz welche, die kenn ich jar nit von hier. Die han su lang vür de Ampeln jestande, dat se sich jesacht han, en der Zick kann ich mir och de Hoor schnigge looße. Lissy hat, in der Baustellenzeit, tatsächlich Kundenzuwachs bekommen. Leute im Stau aus den Nachbargemeinden. Zwischendurch hatte sie selber, kurzentschlossen, eine Baustelle, und jetzt steht es auch schon hinterm Hof, das hübsche neue Häuschen mit nachvornheraus dem neuen Salon.

Bei Westwind hört man Geräusche, die man bei Ostwind nicht hört.

Ohne die Erinnerung, sagt Jörn, könnte man endlich nur Neues erleben.

Hacke mußte wieder kommen.

Aber dann, sagt Jörn, hat es vor diesem Wasserkessel nie einen Wasserkessel gegeben.

Mais. Jeden, aber auch jeden Sommer wächst auf dem Acker Mais.

Einmal standen wir nachmittags an der Oder. Es war ein früher Nachmittag, aber es dämmerte schon drüben auf der polnischen, hüben auf der deutschen Seite. Und zugleich schob sich ein nebelweißer breiter Streifen zwischen den Ufern dahin: der endlose Konvoi des Eises, das in Formen von Landschaft, in Gruppen von Inseln, ausgedehnten Flächen, aufgeworfenen Hügeln stromabwärts trieb. Es schien sich in völliger Stille zu bewegen, aber man hörte, wie das Eis sich bewegte, wie Kanten sich berührten und übereinanderschoben, wie Flächen knisterten und Inseln zerbrachen. Und nach einer Weile näherte sich ein weiteres Geräusch. Es war der Omnibus, der zwischen den Häusern des entfernten Ortes hervorkam und hoch auf dem Uferdamm entlangfuhr. Er war hell erleuchtet und leer. Er fuhr langsam, fast schien er sich auf der Höhe des treibenden Eises halten zu wollen, aber dann sah man, daß er doch schneller fuhr, als sich die stockenden, kreiselnden Eisschollen bewegten. Wenngleich es lange dauerte, bis die hellen Fenster hinter Gehölz verschwunden waren.

Der Nachthimmel lag vor der Tür. Aus dem Radio kam die Stimme der Eule. Die tote Katze hatte ihren Schatten dagelassen. Der Propeller, unsichtbar in seinem Gehäuse, begann sich zu drehen. Auf der Tischplatte schrumpfte Toronto zusammen. Spät wurde eine Fliege wach. An der Schwärze stimmte etwas nicht, und für die Schnittblumen war es nicht kalt genug. Eine meterlange Papierfahne rollte ins Zimmer herein. Täglich kam ein neuer Kandidat zum Vorschein. Ein kurzes Flackern, bevor der Bildschirm schwarz wurde.

Nichts Neues vom Kormoran? Dann soll er bleiben, wofür man ihn hält: ein Vorbote. Aber es scheint ruhig in der Gegend. Natürlich passiert jeden Tag etwas, nur war das schon immer so, dafür braucht man keinen Vorboten. Oder wir müssen warten, lange Zeit warten. Vielleicht heißt es ja eines Tages: die Vorboten, schon früh, waren da.

Es regnet und regnet, und im Regen, da ist die Schattenlage kein Thema.

Auf Wunsch des Verstorbenen hat die Beisetzung in aller Stille stattgefunden.

Die Erdkunde tröstet. Am Ende gibt jeder große Strom seinen Namen ab.

Auf der Zeichnung, die unser Dorf darstellt, zähle ich, im Umfeld der Kirche, ein Dutzend Gebäude. Das Blatt aus den dreißiger Jahren könnte auch fünfzig Jahre früher entstanden sein; da sah alles genauso und anders erst fünfzig Jahre später aus, in welche Zeit die Dorfansicht nicht vorausschaut. Umgeben von bewaldeten Hügeln, liegt das Dorf in einem Tal, das die Welt draußen zu halten scheint; es gibt keine Welt außer der, die in der Zeichnung zur Ansicht kommt. Felder, einzelne Bäume, Fachwerkhäuser – aber die sie bewohnen, sind auf dem Blatt nicht zu sehen. Gleichwohl ist es kein menschenleeres Dorf. Die Einwohner existieren in ihrer Unsichtbarkeit ebenso, wie all das vorkommt, was man auf der Zeichnung nicht sieht: Fuhrwerke, Milchvieh, Umzüge, Uniformen, Feldarbeit, Fahnen. Die

Zeichnung ist kein Dokument der Zeitgeschichte, und wer darin so etwas wie bloße Zeitlosigkeit erkennen möchte, scheint sich, vorerst, scheint sich nicht zu irren.

Das sagt man hinterher ja immer, alles wieder gutgegangen. Das haben auch die Leute gesagt, wenn sie aus den Trümmern ihrer Häuser herausgekrochen sind. Und zwischen den Trümmern gestanden haben im Karnevalskostüm.

Noch in den letzten Wochen des Krieges bedauerte der Junge, nicht zu den älteren Jungens zu gehören, die eine Vierlingsflak bedienten.

So zu tun, als ob es so wäre, sagt der Fotograf.

Während der Beschreibung des Traums zieht der Traum selber sich zurück. Am Ende hat er sich aufgelöst. Auch beim Wiederlesen der Beschreibung kommt er nicht wieder. Als hätte es ihn nie gegeben, man weiß nichts von ihm. Nur manchmal verhält er sich wie das Meer, das ein Stück Planke, den Rest von etwas, am Strand liegenläßt.

Komm, laß uns wieder vertragen. So immer geht der Spruch, wenn nach einer Weile zwei Thekenfreunde zum Korn überwechseln. Nicht, daß sie im Krach nebeneinander gestanden hätten. Es ist eher die Parole, die den Zugang ins Besäufnis erlaubt. Den Spruch hat Freund Osse aufgebracht; dem wird auch kein einziger Kneipenkrach nachgesagt. Er versorgt die Gegend mit so exzellenter Metzgerware, daß sein Laden immer rammelvoll steht. Vielleicht auch, weil die Kunden mit besserer Laune hinausgehen, als sie hineingegangen sind. Osse sorgt für frohen Sinn. Verlangt ein Kunde Tafelspitz, schüttelt er den Kopf: Führen wir nicht. Runzelt der Kunde die Stirn, nickt der Meister: Kann ich aber besorgen. Und schon ist er im Keller verschwunden und kommt wie mit einem kapitalen Beutestück zurück. Augenzwinkern: Das Beste lege ich doch nicht im Laden aus. Fragt eine Kundin besorgt, ob das Kilo Gulasch denn ausreicht, erfährt sie gleich Beruhigung: Aber da kommen doch Kartoffeln noch zu. Der Briefträger wird mit dem Gruß bedacht: Guten Morgen, Briefträger. Der Streifenwagen, der sich ein Wurstbrötchen holt: Guten Morgen, Polizisten. Wenn Stina mit einem Guten Morgen aus der Küche zurück in den Laden kommt, antwortet der Ehemann, mit dem sie um sechs schon gefrühstückt hat: Guten Morgen, Christina. Und wenn, Samstagmorgen um neun, er dem einen oder anderen Kunden nachruft: Bis gleich – dann weiß man, man sieht sich abends in der Schönen Aussicht. Komm, laß uns doch wieder vertragen. Und zu trinken was dazu: Das ist noch ein Spruch von Osse, wenn er zum Bier ein Körnchen bestellt und auf diesem Wege Wilhelm mitteilt, daß er beschlossen hat, sich hier an seiner Theke nicht austrocknen zu lassen. Wilhelm trinkt gern ein Bier mit, gibt aber im Gegenzug gleich das nächste aus, weshalb am Ende eines langen Abends die Strichliste auf dem Bierdeckel zur Hälfte das Bier miteinschließt, das Wilhelm getrunken hat; die andere Hälfte, die man selber zu sich genommen hat, geht aufs Konto vom Wirt. Wer die Schnäpse dazwischen bezahlt, wird nie ganz deutlich. Will man früher gehen, als es Wilhelm gefällt, holt er die Kornflasche aus dem Kühlfach. Taucht zu später Stunde Nickel mit seinem Traktor auf, steht auch gleich das Schnapsglas auf der Theke. Aber Nickel stellt seine Bedingung: man muß, wie er's vormacht, das Glas zwischen Daumen und kleinem Finger einklemmen, und erst dann darf man sich wieder vertragen. Das Ritual muß irgendeinen historischen Hintergrund haben, denn es löst immer so etwas wie Erleichterung aus: keine Schuldgefühle mehr, keine Mahnung mehr wegen nichtbezahlter Pacht, vergessen der alte Streit um die Grundstücksgrenze, die Zaunpfähle, die ausgebrochene Kuhherde, irgendsoetwas. Rauflust, Rabauken, komm laß uns vor die Tür gehn? Vielleicht in früher Jugend mal. Auch wenn nirgendwo Krieg, in jedem Fall stiftet das Gläschen Korn erst mal Frieden. Und Osse gibt einem wieder das Gefühl, daß man zu den alten Kameraden gehört. Aber düster sieht die Zukunft aus. Durchs Dorf geht das Gerücht, daß Wilhelm aufgeben will. Zuerst ist es in Riele Menraths Brotladen aufgetaucht. Anni, die Eigentümerin der Schönen Aussicht, sucht schon einen neuen Pächter. Chinesen, Kroaten, Italiener, Griechen stehen Schlange. Die haben gerade noch gefehlt. Die Betroffenen schauen sich fragend an. Weiß einer denn, was Wilhelm dazu sagt? Das ist das Problem. So mancher treue Gast ist nämlich keiner mehr. Es sieht an Wilhelms Theke schon länger so aus, wie Freund Osse das sieht: semper magister. Immer leerer. Die Leute trinken zu Hause ihr Bier, seit der Wirt überall Teuro heißt. Aber dann geht man doch noch mal hin – und Wilhelm nickt. Monatsende. Kurzentschlossen. Bärbel will schon lange nicht mehr. Das Leben hat noch andere Seiten. Und was wird aus uns, wohin sollen wir uns wieder vertragen gehen? Schwarze Zukunft, abgebrochene Geschichte, die müßte einer mal ganz erzählen.

Der Junge geht über die Wiese und denkt, vielleicht war ich früher einmal ein Tier. Aber welches? Der Maulwurf wühlt unten in der Erde, der Rabe sitzt hoch oben im Wipfel und schaut übers Land. Der Junge denkt, manchmal möchte ich versteckt sein, manchmal möchte ich fortfliegen können.

Ein paar Mal hatte ich mir vorgenommen, Herrn Sander nach seinem Befinden zu fragen, nach seinen Gefühlen, wenn er im Dunkeln in der Frühe seinen Laden aufschließt. Aber vielleicht wären ihm die Fragen lästig, möchte er an den Schock nicht erinnert werden. Ich weiß nicht. Längst scheint er ja wie immer, und in seinem Laden läuft alles so normal, daß ich schließlich gar nicht mehr daran denke, Herrn Sander einmal zu fragen. Gedankenlos betrete und verlasse ich den Laden. Als sei nie etwas gewesen.

Was der eine Häher vorgemacht hat, kein anderer hat es ihm nachgemacht. Alle die Häher fliegen das Vogelhäuschen an, die Futterkugel lassen sie hängen. Der eine Häher ist als Erfinder, als Techniker der große Einzelgänger geblieben. Er hat keinen Nachfolger gefunden; er hat keine Schule gemacht.

Die alte Hausiererin, sie ist hoch in die Achtzig, hat sich lange nicht sehen lassen. Das ist nicht ungewöhnlich, nach Monaten war sie ja immer wieder da. Aber vielleicht will die Ewigkeit, indem sie Gestalt annimmt und als Person vor der Haustür erscheint, uns sagen, daß es sie nicht gibt.

In der Dämmerung stehe ich am Fenster der Bodenkammer und sehe die Scheinwerfer der Autos, die sich die Höhenstraße hinaufbewegen. Ein Wagen folgt auf den anderen, der Konvoi hört gar nicht auf. In der Gegenrichtung bewegt sich kein einziges Rücklicht die Straße hinab. Was ist los? Will keiner mehr weg? Scheinwerfer, Scheinwerfer, kein Bremslicht vor den Kurven. Offenbar will jeder nach Hause. Dann wird es laut in den Siedlungen und einsam in den Citys werden, verlassene Innenstädte, die Fußgängerzonen leer.

Auf seinem Tisch hat Jörn zwei Landkarten ausgebreitet, die er jetzt zusammenfaltet. Die eine Karte zeigt die Ostseeküste mit der Insel Rügen, die andere das Mittelmeer mit der Insel Kythira. Sind das Zusammenhänge? Hier, sagt Jörn, führen die Erinnerungen zu Entdeckungen, und dort folgen den Entdeckungen die Erinnerungen nach. Er fährt sich über die Stirn. Und in meinem Kopf korrespondieren die Zeiten miteinander. Jörn schiebt das Robert-Capa-Foto, die Ardennen unter die Lampe. Vor Jahren, als ich es in einem Buch mit Bildern aus dem Krieg fand, schaute er auf den zugefrorenen Wannsee hinaus. Er hat seine Reisetasche gepackt und trägt sie hinunter zum Wagen. Ich überlege, ob ich Jörn begleiten soll. Draußen regnet es. Ich werde ihn nicht begleiten. Aber es ist Winter, und ich werde ihm folgen, wenn es zu schneien anfängt.

Jürgen Becker

Aus der Kölner Bucht

Gedichte
st 4155. 96 Seiten

»In den Gedichten dieses Bandes, die im Verlauf von vier Jahrzehnten entstanden sind, spricht die Kölner Bucht mit, kommt ihr Monströses, ihre beschädigte Schönheit, ihr Reichtum an Widersprüchen, an Bildern und gleichbleibenden Geräuschen, eine nicht nachlassende Faszination zu Wort. Ich finde darin meine Motive, mein Material. Es wiederholt sich, nicht weil mir nichts Neues mehr einfiele oder auffiele, sondern weil alles Material, jedes Motiv, es mag noch so erschöpft erscheinen, etwas übrigläßt, etwas Verborgenes, Nochnichtentdecktes, etwas Sichveränderndes, einen Rest, einen riesigen Rest von nichterzählter Geschichte, von verlorener Erinnerung, die man wiederzufinden hofft. Die Kölner Bucht ist kein poetisches Thema, gestiftet hat sie keine literarische Tradition, und von sich aus tut sie dafür nichts. Aber sie läßt einen nicht in Ruhe und Frieden, solange man darin lebt, und weil Schreiben für mich auch immer eine Art zu leben ist, habe ich sie mir zu eigen gemacht und versucht, mit dem Alltag ihrer Wirklichkeit zurande zu kommen.«

NF 958/1/8.09

Jürgen Becker

Im Radio das Meer

Journalsätze
Gebunden. 245 Seiten

Mit diesem Buch bewegt sich Jürgen Becker im Grenzbereich der literarischen Möglichkeiten. Nach dem Journalroman *Schnee in den Ardennen* und den Journalgeschichten *Die folgenden Seiten* verbleiben nur mehr Journalsätze, die der Strom der Wahrnehmungen, Erinnerungen und Imaginationen zurückläßt.

Es sind Sätze, auf die sich, in Partikeln, eine ganze Biographie reduziert. Die den Augenblick mit einer Geschichte versehen, deren Vergangenheit im Ungesagten bleibt. Die Erfahrungen konzentrieren, auf die ein Gedicht oder romanhaftes Erzählen warten könnte.

Es sind Sätze, die zufällig entdeckt oder nach langen Recherchen in der Bewußtseinslandschaft entstanden sind. Die das Banale wie das Absurde benennen, das Naheliegende und das Entfernte, die Verstörungen der Kindheit und die Irritationen des Alters. Jürgen Beckers Konzept, journalhaft auf die oft so irreal erscheinende Wirklichkeit zu reagieren, kommt hier zu einer rigorosen Konsequenz: der Minimalisierung des Schreibens.

NF 959/1/8.09